谭文波

合适的年纪，完成该有的奔跑，

只要自己不放弃奔跑，

就没有任何力量可以阻挡！

“大国工匠人物传”丛书

谭文波

大漠油田『发明家』

訾波◎著

中国工人出版社

国之大者，工匠先行

——“大国工匠人物传”丛书总序

在中华全国总工会成立100周年之际，全国总工会宣传教育部、中国报告文学学会、中国工人出版社联合开展了“文艺工作者走基层”活动，推出“大国工匠人物传”丛书，向全国总工会献礼，向广大劳动者致敬！

“知者创物，巧者述之守之，世谓之工。百工之事，皆圣人之作也。”这是中国所见年代最早的关于手工业技术文献《考工记》中对工匠的记载。“工”之责在于造物，“匠”者为能工鼎识者也。

幼时，老家云南昆明大板桥的老街上，从南头到北头，都是大大小小的手艺人，木匠、石匠、焗匠、骟匠、竹篾匠、鞋匠、箍桶匠……空气中飘荡着木匠的刨花香和石匠敲打出来的粉尘，充满着焗匠手中皮带的“吱扭扭”声、骟匠刀下小猪猡的闷哼、箍桶匠皮锤不轻不重的敲击声。老街上的竹篾匠是我的一个表姨夫，他来自四川，有着一手出神入化的编造竹篾手艺。粗壮的毛竹是表姨夫手中的“百万雄兵”，在一把锋利无比的刀的指挥下，被劈成厚薄、粗细不一的篾。表姨夫的本领仅次于撒豆成兵的天神，他能化篾成物，一般家里能见到、用到的器物，他都能用竹篾编出来。母亲曾命我在老街上买一个暖水瓶的内胆，然后去表姨夫的摊位上，坐等他为暖水瓶胆编制一件竹制的外壳。那个暖水瓶至今还在我家老屋的一个角落里。竹篾壳早已被岁月包了浆，虽然久不使用，却依然油润、红亮。这便是我幼时对匠人的记忆。

五千多年的中华历史长河中，涌现出了无数能工巧匠，他们或如明月光照，或如星河璀璨。一代代薪火相传的工匠精神，不仅成就了那些流芳百世的绝世建筑与器物，更是烛照我们通向文明现代化进程的精神之光，是我们文化的自信心、民族的根与魂。

从“嫦娥”探月到“祝融”探火，从“北斗”组网到“蛟龙”深潜，从港珠澳大桥横跨三地到大兴国际机场凤凰腾飞……这些挺起中华民族脊梁的大国重器、世纪工程背后，无不凝聚着万千工匠的心血和汗水，映照着工匠们孜孜以求、拼搏奋进的身影。

本套丛书收录的是全国总工会历年评选出的大国工匠

的人物传记。他们当中有焊接高铁的“工人院士”李万君、打破国外高端设备维修垄断的王树军、让中国锻件立于世界之巅的刘伯鸣、“人刀合一”的顶级钳工李凯军、在高空“穿针引线”的竺士杰、油田里的创新能手刘丽、了不起的“钢铁裁缝”艾爱国、数控机床上的“雕刻师”孟维、让三星堆文物“活”起来的郭汉中……他们有的是传统加工业的锻造者，为了突破技术瓶颈精益求精；有的是新兴制造业的探路者，为了实现精密制造巧思妙想；有的是军工行业的铸剑者，为了打造国之重器默默坚守；有的是民间手工艺的守护者，为了传承非遗文化精雕细琢……他们奋战在国防军工、装备制造、传统工艺等行业的第一线，以久久为功的钻研和创新，造就了一个个传奇。

这些杰出的工匠，尽管行业不同、岗位不一，成长经历各异，但他们都有着爱党爱国、敬业奉献、创新争先的优秀品质。他们耐得住清贫与寂寞，用灵巧的双手和精湛的技艺，数十年如一日地在平凡的岗位上雕琢自己心中的梦想，以实际行动诠释着“执着专注、精益求精、一丝不苟、追求卓越”的工匠精神。“天下大事，必作于细。”工匠精神既是中华民族技艺世代传承的价值理念，又是中国开启新征程，从制造业大国迈向制造业强国的时代需要。

“大国工匠是我们中华民族大厦的基石、栋梁。”2024年3月5日，习近平总书记参加十四届全国人大二次会议江苏代表团审议时强调“树立工匠精神”，指出“没有金刚钻，揽不了瓷器活”，要“把第一线的大国工匠一批一批培养出来”。党的十八大以来，习近平总书记对建设高素质劳动大军高度重视，强调“当代工人不仅要有力量，还要有智慧、有技术，能发明、会创新，以实际行动奏响时代主旋律”，深刻阐述工匠精神“执着专注、精益求精、一丝不苟、追求卓越”的内涵要义，号召全社会弘扬工匠精神，“为全面建设社会主义现代化国家、实现中华民族伟大复兴的中国梦提供有力人才和技能支撑”。

“匠心聚，百业兴。”无论是传统产业，还是新兴产业、未来产业，大国工匠在发展新质生产力的历史进程中不可或缺。随着经济发展方式转型和产业结构升级，中国要实现由制造大国向制造强国的转变，实现由中国制造向中国创造的跨越，离不开广大劳动者的创新和创造，更离不开对工匠精神的继承和发扬，于是呼唤更多大国工匠成为时代强音。

文艺是时代进步的号角，最能代表一个时代的风貌，最能引领一个时代的风气。中国报告文学学会、中国工人出版社联袂推出“大国工匠人物传”丛书，以图书的形式为大国工匠树碑立传，让他们的故事和精神具有更广泛的交流传播价值和长久的史料价值。本套丛书的写作者奔赴大国工匠生活的城市，深入大国工匠工作的厂区、车间、工作室，获取了全面细致的第一手材料，最终将大国工匠的成长、成才故事呈现在读者面前。

“大国工匠人物传”丛书讲述的是个人奋斗史，也描绘出大国工匠的群体形象。可以说，这套丛书是目前国内系统研究众多大国工匠人生轨迹的权威读本，既有对每位大国工匠的整体介绍和事迹梳理，又有具体的事件、案例，全面、生动地展示了大国工匠各个人生时期的工作和生活状态。

新时代是奋斗者的时代，中国式现代化建设新征程这一宏伟事业为广大工匠技能人才成就梦想提供了广阔舞台。每位劳动者都是主角，都可以成为工匠精神的践行者。大国工匠是新时代的最美奋斗者，更是和平年代当之无愧的英雄。

国之大者，工匠先行，向着中华民族伟大复兴的目标砥砺奋进，行稳致远。

是以为序。

目 录

第一章 抗美援朝老兵的幺儿谭文波

天府之国历史悠久，巴山蜀水，人杰地灵。谭文波的故乡万州位于四川盆地东部的长江上游地区，处三峡库区腹心。

谭文波从 1970 年出生到 1992 年在四川石油管理局技术学校（南充东观校区）毕业，他一直生活在天府之国。悠久的文化传承、灵秀的青山绿水、勤劳的亲族血脉，滋育着谭文波不断成长。

古老的万州一直是谭文波引以为豪的故乡。

东汉建安二十一年（216 年），“刘备分朐忍地置羊渠县”，这是万州建县之始，此后各朝先后改名为安乡、万州、万县等。1935 年设立万县专区。中华人民共和国成立后，1970 年万县地区成立，1992 年万县地区撤销并设万县市。1997 年，重庆恢复中央直辖市之后，撤万县市为万州区。

万州地势地貌和重庆城区非常相似，房子依山而建，长江在万州穿城而过，流走的是江水，留下的是悠悠的历史传说。

谭文波出生在 20 世纪 70 年代，万县码头运输基本是以木船为主。逆水行舟，长江边上能看到很多唱着川江号子的纤夫，头顶烈日，光脚在江边移动，十分辛苦。后来出现了东方红号那种大型机动船，每次进港离港都会拉响汽笛，整个万县都能听见声声嘶鸣，似乎在向离乡远行的人大声地倾诉着什么。

生在煤堆上的黑小子

谭文波个子不算高，肤色黑黑的。当有人问起他生在天府之国，怎么会有这么黑的皮肤时，他总会幽默地说：“我这个人命苦，是在煤堆上出生的，从小沾了一身

1962 年，谭世太（左）、谢德珍在四川拍的结婚照

的煤灰，洗不掉了。”这虽然是一句玩笑话，但谭文波还真不是随口一说，他的出生确实和煤有关。

1970 年 12 月 18 日，在四川石油管理局地质调查处五大队工作的谭世太在单位上班。他知道自己的老婆谢德珍这几天快生产了，但工作太忙，领导同事们都忙得加班加点，他不好意思请假在家照顾要生孩子的老婆。在铁人精神的鼓舞下，谭世太坚守在工作岗位上，用繁忙的工作迎接着孩子的诞生。

20 世纪 70 年代，国家处于特殊困难时期，有的地方规定，夫妻双方都在国企上班的员工必须离岗回家一个。谢德珍原本在江东机械厂上班，而在怀谭文波的时候已经回家多年了。这个家庭单靠谭世太一份工资来养家，实在有些捉襟见肘。为了补贴家用，勤快的谢德珍时不时和别的国企员工家属一起外出四处打零工，赚点零钱。

这一天，附近的工厂拉来了一些煤炭，需要找人卸货，在家待产的谢德珍挺着大肚子和其余七八个家属一起扛着铁锹去工厂卸煤炭。繁重的体力劳动让有孕在身的谢德珍明显力不从心，煤还没卸完，突然感觉羊水破了，无力地瘫倒在煤堆上。身边的人一看情况不妙，大叫着：“糟了糟了，小谢要生了！”

大家赶紧手忙脚乱地跑过来，准备把谢德珍送回家，哪知此时一阵响亮的啼哭声传了过来，一个又黑又小的早产婴儿呱呱坠地。

此后，谭文波家的那幢苏联式的老房子里时不时地就传出这个孩子的哭声。街坊一位老先生说，这个孩子五行缺水。于是，谭世太给自己的第三个孩子取名“谭文波”。

牙牙学语、蹒跚学步的谭文波，根本无法预知自己将在以后的人生当中，品尝到多少酸甜苦辣，行走多么坎坷的人生路程，获得多少的冷嘲和赞美。

抗美援朝的老兵父亲谭世太

1928 年 10 月 15 日，谭文波的父亲谭世太出生于万县太龙乡，原名谭士太，1952 年参军入伍后，部队为他改名为谭世太。谭世太入朝作战，成了一名保家卫国的志愿军战士；1957 年 5 月退伍，成为四川石油管理局地质调查处

谭世太（前排右一）和战友在朝鲜战场

五大队的一名石油工人。在街坊邻里的印象中，谭世太特别严肃、古板，长年累月穿着一身劳动布工衣，上面印着“石油”的字样，满身的油污。

谭世太5岁就成为一个孤儿，后来成长为解放军战士，他一生感恩中国共产党。抗美援朝期间，部队将他的名字“谭士（战士的士）太”改为“谭世（世界的世）太”，寓意为：打完这场战争，世界就太平了。成为共和国第一代石油人后，谭世太转战各油田会战。前半生献给了保卫祖国，后半生献给了中国石油工业。

在谭文波的记忆中，父亲谭世太有点凶，孩子不听话就会大声地训斥，有时还会动手打。他记忆深刻的一次是上小学的时候，也就10岁左右，谭文波把父亲的军功章偷偷地拿出家在伙伴中显摆，被父亲发现后挨了一次揍：“这些是不可以随便拿出来玩，拿出来四处显摆的！万一整脏了或丢失了，咋整！”这次挨打，让谭文波知道了父亲的军功章是他最珍贵的东西，知道了一个人获得的荣誉不能随意带出来玩耍，必须发自内心地尊敬。

还有一次回家，父亲和孩子们说到自己的工作，说到石油——有一次战斗，步兵冲锋前，急需炮兵开路，可是由于当天美军空袭太厉害，一些拖拉大炮的汽车被炸毁，拉汽油的车也被炸毁，没有汽油，汽车就不能开动；汽车不能开动，大炮就不能及时到炮位，最后是战友们，在步兵和朝鲜群众的帮助下，牛拉人推，才连夜把大炮推到位置，保证了当晚的炮击数量。

父亲说："没有汽油会死人啊"。

父亲的歌曲——"我为祖国献石油"

谁在少年时代不曾想过，有一天沿着一条伸向远方的铁轨，或者是尘土飞扬的公路，翻过一座座山丘去流浪远方呢？远方有什么不知道，远方有多远更不知道，但正因为其在远方，才让少年的心悸动不已。

中考完成以后，谭文波和他的几个小伙伴就坐不住椅子了。他们几个人就商量着到什么地方开开眼界，玩上一圈。

万县周边，有许多风景如画的地方可以游玩散心，但大家一致认为同学几个男男女女的，在距离如此之近的地方玩，很有可能被老师或其他同学看到，难免招来是是非非。那个时候，这种风言风语还是蛮有杀伤力的。

大家的意见如此一致，这让谭文波有些吃惊，也许大家都在以"有伤风化"这个理由找借口，想走得尽可能远一些，去看远方后面的远方有什么样的景致和神仙。但

1953年左右，谭世太在抗美援朝前线留影

是，他们能够想象出来的目的地太有限了，当北京、上海这样的凭他们的经济能力根本无法抵达的终点被否定后，谭文波的方案获得了通过。谭文波说：“我爸爸是搞石油的，你们都知道吧？他的工作单位在梁平县的大山里，他几个月才能回家一次，这够远吧？我爸跟我说他们单位那里有个基地，有山有树有花有蝴蝶，还有一个可以抓鱼的大水库，怎么样，这是个好地方吧？最主要的是还有单位大食堂，我们到那儿吃饭住宿不用愁，省钱！”

谭文波的提议得到了大家的一致通过。少年说走就走，他们马上分头回家进行准备工作。临行时，女同学谭鹰看谭文波整天穿着一套劳动工服，土里土气的，就找来她哥哥的一件旧西装借他穿上。谭文波开心地说："我将来长大了一定统管万县服装市场，买最好的衣服送给你！"

梁平县的大山里，真的像父亲所讲的那样山清水秀、树绿花红。谭文波和小伙伴忘记了在校读书的烦恼和压力，在一把破吉他的伴奏下尽情吟唱，在花丛轻风中如蝴蝶徜徉，直到一场大雨倾泻而来，他们才狼狈地相互搀扶着跑到了父亲工作的石油基地。那天的晚餐，用去了谭文波父亲一个星期的饭票！

在谭文波的记忆中，父亲的脾气并不好，所以张罗到这里来的路上，他甚至有些后悔了，他怕父亲见到他后会认为一帮孩子给他添麻烦而大发脾气。但父亲见了他们，听到儿子说他想父亲时，这个当过志愿军的汉子，这个已经半年没有回家看望妻儿的石油人没有生气，而是平静地带他们去食堂吃饭，安排住处。儿子能从 80 公里以外的家中跑来，让父亲的脸上看起来似乎有点愉悦。

也是在那天吃晚饭前，谭文波又一次听到了这首嘹亮的歌曲——"我为祖国献石油"。父亲的单位条件十分艰苦，没有什么娱乐生活，在每天食堂开始吃饭的时候，矿区播音室播放一些音乐，让大家放松一下。这首石油人都会唱的歌，总是第一个冲进大家的耳朵。这时，谭文波听到父亲和工友们一边打饭一边哼唱这首歌：

锦绣河山美如画
祖国建设跨骏马
我当个石油工人多荣耀
头戴铝盔走天涯
头顶天山鹅毛雪
面对戈壁大风沙
嘉陵江边迎朝阳
昆仑山下送晚霞
天不怕　地不怕
风雪雷电任随它
我为祖国献石油
哪里有石油
哪里就是我的家

对别的孩子来说，这也许是一次开心的郊游，对于谭文波却有着不一样的意义——他终于见到了半年多没见的父亲，领这么多人来这里游玩，父亲热情接待，这让他的腰板在同学们面前硬了不少。孩子们一高兴就跟着唱起了“我为祖国献石油”。

一阵童声突然加入这群汉子们并不整齐的哼唱之中，于是有不少人朝谭文波这儿嬉笑着看过来。谭文波有些害羞，暗下决心：我长大了也来干石油，天天来这样的大食堂，天天唱这样的歌儿，天天拿一个比谁的都大的盆子打饭，使劲儿吃！

1983 年，谭世太（右）、谢德珍在北京天安门旅游时合影

第二章 爱动手爱『倒腾』的技校生

小小“发明家”

很小的时候，谭文波就表现出了超强的动手动脑能力，对于身边的任何一件器具都有知道原理的渴望，有拆开一看究竟的冲动，有重新安装搭建的思路……

上学时，谭文波的书包里除了书本和笔，还经常装着坏收音机、破马蹄表和小工具等。他因此受到过表扬——在学校要开学前几天，约了几个同学一起把损坏的课桌叮叮当当地维修一遍；他也因此挨过批评——自作主张地拆了学校操场的大喇叭，原想放大一点声音，却弄得没了动静。

手勤爱动脑，对外界事物充满了强烈的好奇心；好动不安分，常常不知天高地厚以致损坏一些物品——这是老师同学们对谭文波当年的印象。在家中，少年谭文波拆闹钟、装自行车等技术革新均以失败告终；在学校实验室里，为某种突发奇想而打碎燃烧瓶、弄断支架，也极少有什么让大家喜出望外的成果。高中班主任丁勇老师曾经到他家进行了一次家访，本想着叫谭文波妈妈管管他，别让他在学校惹是生非，但没想到一见谭妈妈，谭妈妈的牢骚比老师还多：不是昨天把家里的收音机拆了装不上，就是今天把邻居的油桶改装成煤油炉子没成功而被人登门索赔……家访的丁老师只能无奈地看着谭妈妈苦笑。

谭世太在家中留下很多的木工、电工、钳工等工具，供家里和邻居们维修家具、家用电器时使用，这为儿子谭文波成为小发明家提供了条件。

谭文波七岁那年，家里的门锁只剩一把钥匙了，万一丢了会有很大麻烦，谭妈妈考虑再去配几把钥匙。他却说：“妈妈，不用去外面配，要花钱的！我来。”说完就拿

1984年，谭文波在四川万县和平广场练习洪拳

着钥匙去找父亲的锉刀等工具去了。

对于谭文波的话，谭妈妈并没有当回事。但没想到的是，没到一刻钟，谭文波从外面高高兴兴地跑了进来，高举着两把钥匙：“妈妈你试试，保证管用。”

谭妈妈接过来看了看，还真挺像那么回事，拿到门上一试——嘿，管用。

上小学三年级的时候，因为小学放学早，脖子上挂着钥匙的谭文波常常是一个人在家。谭妈妈说这有点不安全，万一坏人上门怎么办，家中又没有电话什么的。谭文波说自己有办法，他到同学家去玩，看同学家安装一个门铃，一按就来人开门了。他一看，简单得很。他也可以制作一个安在家门上面。他叮嘱谭妈妈说：“你们一回来不要乱按，只按三长一短，我就知道是你们来了。”

“看把你能的，还是等你爸回来做吧。”谭妈妈不屑地说。

“妈妈，你只记住三长一短就好了，否则我不开门的。”谭文波再次叮嘱道。

晚上谭妈妈回家，果然门锁得死死的，敲门也没有人应声，仔细一看就在门上发现了一个小红按钮，想起谭文波说的三长一短，就按了上去。不一会儿，门开了，谭文波出来了。

“行啊儿子，妈妈给你做好吃的。以后啊，好好跟你爸学点本事。不过可别学这长年不回家，这不是本事。”

有段时间，谭文波还常去长江边的沙泥里寻找古代货船留下的老物件，如果运气好，他会找到残破的钱币、箭镞等。他曾经用一枚较完整的古钱币当模板，翻制出模具，然后将废铜熔化后倒入其中，制作出几枚新铜币。做

1987 年 7 月，谭文波（后排右一）初中毕业时在四川万县曙光照相馆和同学合影

好了以后，他还在水里泡、在土里埋，做旧出来的钱币让很多外行难辨真假。这几枚仿制的铜币后来被他做成女孩踢的毽子，送给了姐姐。

玩毽子的时候，有人问在哪儿弄的古钱，谭文波的姐姐骄傲地说是他们家的“小发明家”自己造的。

技校里爱“倒腾”的学生

1989 年，谭文波上高中二年级，国家在应届生中招收空军，当时万县参加体检的学生只有 4 个合格，万州一中占了 3 个，其中一个就有他。

谭文波本以为可以穿上从小就喜欢的军装，让自己的人生展翅起飞，但遗憾的是他的年龄超了十几天，复审时被淘汰了。梦断空军路，这是他一生当中最大的遗憾。

一心想当兵的谭文波学习成绩并不优秀，加之那几年高考招生名额大幅缩减，连年就业形势严峻，考虑到在技校可以学到一技之长，帮助自己在社会立足，喜欢鼓捣机械工具的谭文波决定报考四川石油管理局技工学校（南充东观）。

当时，高中生进技校学习是两年制，周期较短，最后半学年在校外实习还有实习工资，这对迫切希望生活自立的谭文波具有一定的诱惑力。对于谭文波放弃高考去读技校，在国企做工人的父母虽不十分支持，但毕业后能够子承父业，父母多少也有一些安慰。此时，谭文波的哥哥谭文建、姐姐谭文庆都到石油企业去上班了。

两年的技校生活，对谭文波来说，充满了很多快乐。尤其是进入实习阶段，喜欢摆弄机械的谭文波更是兴奋无比。

第一次实习时，实习工厂给每人发了一套工装，鞋子是那种常见的土黄色翻毛皮鞋。从小到大没有正儿八经地穿过一双亮面皮鞋的谭文波买了一盒黑色鞋油，自己动手把它刷成了一双乌黑的皮靴，穿在脚下十分帅气。班中多位同学效仿后，清一色的黑皮靴一齐走在路上，大街上的行人捂着鼻子躲他们的鞋油味。

爱“臭美”并不妨碍谭文波在实习期间取得优异的成绩，他实习时的工作是帮助工厂做铁床的合页扣，每人每天要完成6套，谭文波不但高质量地完成自己的那一份，还义务指导那些做不好的同学，主动帮助班上几位女同学一起完成任务。

这是读技校的谭文波第一次走出校门去实习，轰鸣的车床和各种工具让他着迷，他偷偷地尝试着去加工自己喜

1991 年，谭文波（左二）在四川南充东观四川石油管理局技校和同学在一起

欢的东西，比如飞镖、牙签、掏耳勺、皮带卡子等，制作得精美异常，成了大家争抢的工艺品。铁疙瘩可以在自己手中随意变成各种想要的物件，这对正实习的谭文波来说，是一个近乎神奇的变化过程。天下没有不透风的墙，偷偷做私活的事还是被一位临时负责带实习生的师傅知道了，好在他没有向任何一位领导告状，只是在第二天把谭文波臭训一顿，让谭文波保证不再做私活。

1992 年 8 月，谭文波准备进新疆，离开老家前到梁平县烈士陵园留影

第二次实习是在 1992 年春节过后，跟随川东钻探公司井下分公司试油 213 队到开江县罐 33 井实习。下班后大家没有事做，谭文波等几个人热心地帮助老乡们平整农田、播种、插秧等，公司团委因此多次通报表扬了他们乐于助人的行为。当时，井队征用农民的土地建设新的作业场所，因赔偿达不到预期，老乡们和井队闹得并不愉快。在设备搬进井场和搬出井场两个关键时刻，老乡们把进出井

场的路给堵了，这一问题解决不及时就会严重影响试油队的施工作业和项目工期。谭文波等学生来了后却和老乡们打成了一片，在学生的启发带动下，全队开启了石油企业与地方老百姓关系融洽相处的新模式，受到了广泛好评。这次实习结束时，谭文波被评为“优秀实习生”。

第三章 到祖国最需要的地方去

作为从抗美援朝战场上归来的一名老兵和新中国第一代石油人中的一员，谭文波的父亲谭世太获得的荣誉不仅是十几枚军功章，工作中获得的劳动模范、革新能手、先进分子等奖状、锦旗更是挂满了他家的墙壁。

少年时的谭文波经常看到父亲自豪地戴着大红花走过几条街道，到万州的大会堂去开会，街道两边都是在喧天的鼓乐中鼓掌的群众。这个时候，谭文波看到队伍中的父亲就会无比骄傲地对小伙伴们说："快看，那是我爸爸！"

1992 年，谭文波技校即将毕业的时候，哥哥谭文建已经在四川石油管理局钻井队当钻井工人，姐姐谭文庆则是四川石油管理局地质调查处的一线爆炸工，他们都是按照爸爸的心愿到了石油战线去上班。谭文波在技校学的是地层测试工种，毕业后大概率要到石油行业去谋生，但是到什么地方去则成了大问题。

谭世太从工友们那里打听到塔里木油田正在大开发，在所有油田中最艰苦、最偏远，这个把前半生献给保卫祖国、后半生献给中国石油工业的老兵，快速地给小儿子指定了一条人生路，他说："年轻人，就要到边疆去，到祖国最需要的地方去。"

谢德珍则认为新疆太远了、太苦了，正所谓"儿行千里母担忧"，她怕儿子吃苦，小心翼翼地和老伴商量："让娃儿留在身边吧，到机械厂当个锻工也可以，新疆太远了……"

谭世太依旧坚持道："我前半辈子献给了保家卫国，后半辈子献给了石油勘探。我可能不是个好丈夫、好父亲，但一定是个好石油工人！文波学的是地层测试工种，一定要搞石油。搞石油再苦再累不丢脸！至于到什么地方去，我还是建议文波到新疆去，那儿正在搞油气大开发，那里最需要像文波这样的年轻人。”

“新疆？那儿是在搞油气大开发，但听说那儿全是沙漠和戈壁，太艰苦了吧？”本来想毕业后在四川找个工作的谭文波，一听到父亲要把自己打发到遥远的新疆，心中有些不情愿。

“怕苦？怕苦就不要搞石油！你学的是地层测试，就要搞石油，而新疆沙漠、戈壁都是大盆地，大盆地才有大油田，到大油田才会有大发展。我的经验是，越是苦的地方，越有施展拳脚的机会！这辈子你要是想做点事，你就听我的。”谭世太继续说道，“我的很多抗美援朝的战友，从战场上走下来，都没回家见父母，就去了祖国最需要的地方——新疆，他们成了兵团战士，连给家里寄信，都不能写具体地址，都是集中放一个邮箱里。”

父亲的战友——新疆兵团战士的爱国故事，激励着谭文波年轻的心。皑皑天山，巍巍昆仑；茫茫戈壁，漫漫大漠。在祖国的西陲，有这样一支特殊的队伍：他们不拿军饷，不穿军装，永不换防。这支队伍，就是新疆生产建设兵团。他们用默默无闻的人生，谱写出撼天动地的一首首壮歌。

谭文波没有违背父亲的意愿，但他心里与父亲赌

2001 年，谭文波在新疆塔里木钻探

气："皇上爱长子，百姓爱幺儿，可你就是看我不顺眼。有什么嘛，你让我去吃苦，我就证明给你看，我不但能吃苦，还要干出点样子来。"他拿出地图，找到了新疆，找到了塔里木，也看到了地图上标注的塔克拉玛干沙漠。对于新疆，他脑子里涌现的是驼铃悠扬、羌笛豪迈这样的词语，或是"大漠孤烟直，长河落日圆"这样的诗句。他在脑海里勾画大漠边疆的时候，却完全忽略了一个现实：那个他即将奔赴的地方以面积广阔和环境恶劣出名，那是一片荒凉的戈壁滩。

谭文波琢磨了两天，终于下定了决心。他对父亲说：“爸爸你放心吧，我去新疆搞石油，不会让你失望的。”

2007年，谭世太去世。临终前嘱咐留给谭文波的物品，只有一个日记本，上面有谭世太当年自己手抄的歌词——“我为祖国献石油”。谭世太的文化水平不高，字抄得不算工整，却饱含着对石油工业的热爱和对谭文波的希望。现在，这本手抄本依然保存在谭文波工作室里，“到祖国最需要的地方去”的叮咛一直响彻耳畔，眼前晃动着父亲和他的同事们在工地食堂一边排队打饭一边哼唱“我为祖国献石油”的身影，这让谭文波在艰苦中不敢退缩，必须向前。

克拉玛依地处准噶尔盆地西北缘。“克拉玛依”是维吾尔语“黑油”的译音，得名于市区东北角一群天然沥青丘——黑油山。

克拉玛依辖境内历史上属北疆草原地带，许多游牧部族曾在此繁衍生息。公元657年，唐朝平定西突厥汗国后，在此设盐泊都督府，归安西大都护府治下的昆陵都护府管辖。此后，辖区先后属西辽、蒙古汗国、大清政府。1949 年前，分属于沙湾县、乌苏县等管辖。

1955 年 10 月 29 日，在那个激情燃烧的岁月里，由 8 个民族 36 个人组成的 1219 青年钻井队“天当被、地当床，安下心、扎下根，不出油、不死心”的铮铮誓言回响天际。随着克一号井喷油，新中国第一个大油田——克拉玛依油田横空出世，唱响了共和国石油工业的第一曲壮歌，为百业待兴、亟须能源工业支撑的新中国提供了源源不断的新鲜血液。到 1960 年，克拉玛依油田原油产量达到 166 万吨，占当年全国原油产量的 40%，成为新中国石油工业的中流砥柱。

因油而生，因油而兴。1958 年 5 月，国务院批准克拉玛依设市。克拉玛依，一座为梦想加油的城市，不仅是谭文波的第二故乡，也是更多来到克拉玛依创业的石油人的第二故乡，他们亲切地称自己在油田工作的子女叫油二代、油三代……因为石油，因为梦想，不同地区、不同方言、不同饮食习惯的人们离开故土来到这里，并以此为家开始落地生根、结婚生子、创业……来自五湖四海的人们共同携手，在戈壁荒滩上建成了一座现代化的石油新城。

去新疆前，谭文波的内心是忐忑不安的，怕离家太远，难免感到寂寞。

1992年8月20日，谭文波怀揣着支援边疆、助力石油的满腔热血和父亲的千叮咛万嘱咐，出川入疆奔赴祖国大西北。当绿皮火车驶离成都、翻越秦岭之时，青春激荡的谭文波和同学们畅想着草原奔腾的骏马、铃声回荡的驼队和楼兰古城的美女，在脑海中勾画大漠边疆“葡萄美酒夜光杯”的异域美景，内心十分兴奋。

经过四天三夜的长途跋涉，谭文波他们先是到达了乌鲁木齐。当晚，明园石油招待所大楼的顶层房间里，是大通铺，那一排排木板便是大家的床位。坐了一路火车，大家都疲倦不堪了，几个人也无暇顾及住宿条件的艰苦，倒在木板床上就睡着了。但他们的目的地不是乌鲁木齐，而是坐落在准噶尔盆地西北边缘，距离乌鲁木齐300多公里的一个以石油命名的城市——克拉玛依市。

按照接站人员的安排，第二天一大早就在明园班车站登上了开往克拉玛依的大巴，不过这辆大巴车确实先进，是进口车，满载60人，有空调，很宽敞，大家就坐在车上朝着克拉玛依出发了。走了不到一个小时，大家猛地被车颠醒了，车上的一个师傅说，汽车出乌鲁木齐城了，现在的路况有点差。不过大家看到车外马路两侧的庄稼长势不错，一点荒凉的感觉都没有。谭文波也被大家吵醒了，心想到了克拉玛依可就自由了，父母管不着，吃喝又不愁，可以独立生活了。

但仔细一想，谭文波又不淡定了。他听说，前来报到的新员工中还有不少大学生、硕士生，甚至博士生，大家都是从全国各地名牌大学来新疆参加石油开发建设的。而自己只是一个技校毕业生，文凭垫底了。想到这儿，谭文波突然意识到自己有些底气不足了。没一会儿，班车到了705泵站，班车进站休息25分钟，司机和乘客下车自己掏钱吃饭。大家简单地对付一下，上车就又往克拉玛依走了。一路上大坑小坑颠个不停，早晨8点半上车，下午5点半班车到了克拉玛依班车站，接谭文波他们一行的面包车已经等着了，大家又逐一上了车，走了40多分钟终于到了三坪镇试油处的创业基地。

第四章 想逃离克拉玛依

1992年秋，谭文波他们被分配到新疆石油管理局试油处，也就是如今中国石油集团西部钻探旗下的试油公司，基地在克拉玛依市三坪镇，也就是谭文波他们上班报到的第一站、第一个家，看起来面积很小，且就在盆地的边缘，毫不夸张地说，面对着大山，往前走几公里就是茫茫戈壁，往后走几公里就是漫漫沙滩，再往里走就是绵延的沙丘。谭文波开始想念老家，重峦叠嶂的巴山蜀水一次次闯入他的梦乡。

谭文波他们上班的地点，是在远离克拉玛依 500 公里之外的三台油田，为了物资和人员中转方便，单位在北 4 井建立了试油东疆指挥部临时驻地，这个地方因此成了谭文波他们到新疆之后生活与工作的第二个“家”。

在职工宿舍里住了一周后，按实习计划，谭文波他们被安排到试油处 122 试油队实习，路上颠簸了 10 多个小时，来到了北 4 井试油基地。在基地，大家第一次住进了铁皮房里，由于每个房子都有四个轮子，外面看上去就像一节火车客车，又被称为“列车房”。第二天一大早，大家被拉到附近一口井参观学习，师傅们在钻台上干着，实习生在场地外观摩，师傅们一整天都在重复着一个动作，那就是提下油管作业。在实习老师的讲解下，大家似乎明白了许多，今天井上干的是大班作业，任务就是首先把井里 4000 多米的油管提出来，每两根油管为一柱，每提起一柱就要用大钳卸扣，把所卸下的立柱放到钻台上立好，每个立柱不到 20 米，这样就要上提 200 多个立柱，提完后，按设计要求接好下井工具后，再把立在钻台上的 200 多柱油管一柱一柱下到井里，直到把工具下到井底某个预定位置为止。看着师傅们在井口用大钳上扣，接好一柱再往井里下一柱，200 多柱意味着同样的动作要重复 200 多次，看着就头晕，真是极其枯燥，十分考验一个人的耐力。

那段时间，谭文波他们几个实习生就跟井上师傅们一起在井场上吃饭。井场没有餐厅，饭菜是大师傅用保温桶从指挥部送来的，开饭的时候，大家自己到饭桶里打饭，自己端着碗蹲在地上，工作餐就是在露天的井场迎着风沙吃的。每当回到基地洗完澡躺在床上时，谭文波的心里就有一股说不出的滋味，他不由自主地开始怀疑自己当初来

20世纪50年代末，克拉玛依油田职工在进行试油作业

新疆的决定，新疆没有葡萄美酒夜光杯，只有高温戈壁沙子飞。

20世纪90年代，试油工的工作拼蛮力，“试、探、提”是试油工作业的“三部曲”。单说“提”，就是把之前“试”时下到全井筒的油管，再全部提上来。提上来的油管，用管钳拧开，摆放整齐，每10根一出头，以便计算油管长度和井深。五六千米的井，几百根管子，拧开这些管子全靠人工。这个过程，既耗时，又费力。

超强的体力劳动，机械的重复操作，加上气候干燥，水土不服，长时间驻井，方圆几十公里杳无人烟，和沙漠一样望不到边际的孤独在谭文波的心里蔓延，这些都让他充满了挫败感。如此工作一年后，谭文波打算放弃了，他准备当逃兵，他想，胡杨树没腿，老子有腿，不能在这沙漠里生活一辈子，回老家去，他觉得回万州摆摊也比在沙漠里强。

但谭文波的逃跑计划在当时属于竹篮打水，原因很简单——他没有回家的路费。那时候，因为心情不好，谭文波每月工资都变成了消愁的酒和排除寂寞的烟。不仅如此，他还欠了小商店老板九百块。当年他向领导请了探亲假，回到基地的招待所后，那老板闻讯跑来向他讨债。欠债还钱天经地义，做人讲诚信，人无信不立，这样的道理从小父亲就告诉过他。谭文波掏遍全身，只凑了一百来块，于是，他决定挣了工资还完债再说。他给小老板支招：“你这钱我一时半会还不了，但是，你看，沙漠腹地，石油工人工作生活也需要日用百货，你在那再开个商店，我挣了工资就立刻还你，你还可以在沙漠里扩展业务。”小老板听从谭文波的建议，在井场的不远处开了当年沙漠里

1953年，193井出油，是克拉玛依第一口日产百吨的高产井，被誉为「英雄井」

1957 年，克拉玛依石油人通过天安门广场，向祖国报喜

的第一个“商店”，谭文波的这“一欠一路”，成就了当时一个新的“经济”模式。后来，陆续有小商小贩把生意做到沙漠，陆续有了商店、饭店、理发店，如今大名鼎鼎的石西一条街应该就是这么来的吧。这件事情后来成了大家调侃谭文波的笑料。

克拉玛依，是英雄之城，是男人之城。“最荒凉的地方，却有最大的能量，最深的地层，喷涌最宝贵的溶液，最沉默的战士，有最坚强的心，克拉玛依，是沙漠的美人。”诗人艾青的《克拉玛依》，深情歌咏了新疆沙漠中这座由热血和汗水铸就的石油城。

斗转星移。在“不出油、不死心”精神的感召和引领下，一代代石油人怀着“我为祖国献石油”的坚定信念和报国情怀，扎根茫茫碱滩，转战天山南北，鏖战沙漠戈壁，在祖国边陲开展了艰苦卓绝的找油找气工作，创造

2002年冬，谭文波在克拉玛依调试测井车

了产业报国的光辉历史，并传承和形成了“爱国奉献、艰苦创业、民族团结、求真务实、追求卓越”的克拉玛依精神。新疆第一口油井、黑油山、克一号井、英雄 193 井、新中国油气储运第一站、101 窑洞等如镶嵌在百里油区的璀璨明珠，映照着光辉的历史，诉说着难忘的记忆，见证了新中国石油工业筚路蓝缕、艰苦奋斗的历程，成为克拉玛依石油人的精神家园，石油文化也成为克拉玛依这座城市的主要文化。

克拉玛依的历史，是从苦难到辉煌的奋斗史。但现实生活中，没有那么多豪情、浪漫，更多是漫天黄沙和无边寂寥。谭文波还是想逃离克拉玛依，回老家去，因为老家有父母，老家有火锅，老家有剪不断的万千乡愁。

第五章 克拉玛依之恋

在谭文波最累、最苦、最寂寞、最孤独时，有个叫作爱情的鸟儿飞进了他的心扉。

1993 年，谭文波 23 岁了，此前他没有跟女同学握过手，也不会谈恋爱，但青春的时光唤醒了他爱的情愫。

那年 6 月，准噶尔沙漠里的陆南指挥部新来了一个叫韦书红的服务员，这姑娘性格开朗，总是笑盈盈的，脸蛋儿时常泛出石榴花般的红晕，为人质朴又大方。那时候，石油汉子常年工作在戈壁荒漠，与女性接触的机会很少，基地里如果来了名女同志，不亚于新闻头条，这里的每个姑娘都是“香饽饽”，背后七八个石油汉子惦记着。

韦书红笑盈盈的样子，牵动着谭文波的心，他决定先主动出手。

怎么追女孩，成为谭文波最苦恼的事情：用钱砸？没钱请她下饭店，也没有大商店去逛。靠容貌？自己脸上的各个部位，长得无组织、无纪律。唱歌？跑调，能从塔里木盆地跑到峨眉山。跳舞？不跳还好，一跳能把女生吓晕倒。诗朗诵？自己的四川话＋新疆话混合腔，说小品还可以。

最后，谭文波计上心来，还是决定扬长避短，发挥自己打小就爱雕刻的手艺，雕刻一个物品，代表自己心声，送给心上人。借此也在姑娘面前树立良好形象：哥也是懂艺术的人。

那是一个傍晚，谭文波约韦书红在沙梁子上见面，说是有礼物送给她。韦书红走上沙梁时，谭文波早已等候多久，不时地踱着步子。见到韦书红后，他立即迎了上去，从工衣口袋里掏出一个精致的手工摆件递过去，手里都握出了汗，磕磕巴巴地说：“这是我用石头雕刻的，这是一匹小马，它的背上驮着一个姑娘，如果你愿意，我希望你能把一生托付给我，我愿意去做这匹马，驮着你奔跑，照顾你一生。”这几句话，谭文波在心里酝酿了很久，像背课文一样，背了好多次。他说得不是很顺畅，却更能显得真诚。韦书红接过手工摆件仔细端详，马背上那笑呵呵的姑娘，像极了自己，那一刻，她收下了礼物，也接受了谭文波。

那天的晚霞格外美丽，整个沙漠被晚霞笼罩着，变得柔和极了，霞光在跌宕起伏中的沙梁上铺开，在红色与金色交织的大漠中，两个年轻的身影形成一幅美丽的画卷，那是爱情的画面，幸福在整个沙漠弥漫。不远处的沙梁子下面，传来了工友们的吆喝声，他们原本是来为谭文波打气的，担心他关键时刻犯尿，看到谭文波表白成功，工友们挥舞手臂，向他表示庆祝。

1994 年开春，工作忙开了，谭文波就搬到了离这个基地十几公里的石 001 井建了新基地，韦书红继续在陆梁基地工作。两个人确定了恋爱关系，来往就多了起来。但一直都是谭文波来看望韦书红，可这几天谭文波一直没来，韦书红心里纳闷，从食堂打了一份清炖羊肉、拿了两个苹果，带到井场专程去看望他。

一到井场，韦书红被干活的场景惊呆了，她看到谭文波他们每提一根油管，身上就喷一次泥浆，他们机械地重复着提拉动作，人都不躲闪一下，整个人被喷出的泥浆涂上了一层，如同一尊移动的泥塑。

“哦哟，他们试油工是这样子的，整个就是泥巴人一样，只有眼睛和牙齿是没沾上泥浆，太可怜了。”韦书红感叹道。

此次上井，韦书红才真正了解到了试油工的艰辛。后来，她问谭文波咋不躲闪，谭文波说已经习惯了，躲与不躲都一样，反正已经浇透了。

由于井场全是泥浆，谭文波出来不方便，韦书红只能把带去的东西放在值班室，然后远远地跟他打了声招呼，含着眼泪离开了。人是走了，但谭文波那泥塑的硬汉形象刻在了她的心里，那是她心中最美的雕塑。韦书红知道她要嫁的是一个真正的男人。

又一次，韦书红带着满满的一饭盒饺子，到工地找谭文波，工友们让她把饭盒放帐篷里，谭文波在试油井架那儿，等谭文波回到帐篷，饭盒里的饺子都被几个工友消灭了，他们说：我们不是吃饺子，主要是为了分享幸福。

1994 年 7 月 9 日，谭文波与韦书红在野外基地举办了一个简单、幸福，别具一格的结婚典礼。时间之所以选择

7 月 9 日，是因为每月 9 日是试油公司发工资的日子。谭文波说，这个日子结婚，好记。夫妻两人共攒了 1300 元钱，这就是举办婚礼的所有钱。

结婚典礼就在石西油田 001 井基地的队部举行，屋里挂了几个气球，贴了大红喜字。把冰箱里所有菜都拿出来了，里面只有驴肉，那年代有驴肉就不错了。所以，婚礼的主打菜就是驴肉系列：烀驴肉、酱驴肉、麻辣驴肉、土豆炖驴肉。

婚礼只吃驴肉也不行啊，还是硬菜少，缺肉菜。几个

1994 年 7 月 9 日，谭文波、韦书红在克拉玛依拍的结婚照

当初吃过韦书红饭盒里饺子的野外队小青年说，嫂子放心，他们有办法。工友到帐篷四周去抓刺猬，那时的刺猬多，共抓回来十几只大刺猬，把刺猬肉煎炒烹炸，婚宴上又多出来几个硬菜。

剩下的钱都买酒了，是2块钱一瓶的“黑牡丹”酒。在这些油田工友中，谭文波最不能喝酒，但其他工友都能喝，那时结婚，菜可以不够，酒必须管够，便买了几箱酒。

队领导就是主持人，婚礼没有伴娘伴郎，没有车队，没有拱门，没有鲜花，没有照相的，只有一对相爱的人儿，和同样在克拉玛依战天斗地的石油汉子们。

克拉玛依的落日，常常晚上9点半才落日。婚宴上，没有双方父母，只有工友，大家喝多了，也逐渐散去。

韦书红扶着微醉的谭文波走出职工食堂，走向西面高坡上，大漠落日圆，夫妻新婚甜。坐在沙梁上，韦书红情不自禁轻轻唱起来：

啊克拉玛依
我是多么喜爱你
你那油井像森林
红旗像鲜花歌声像海洋

啊克拉玛依克拉玛依
我要歌唱着跑进你
我要赶着这马群靠近红地
啊克拉玛依克拉玛依
我要为你建设再加把力气
啊克拉玛依克拉玛依
让那大西北变得更美丽

与谭文波结婚后，韦书红对谭文波的了解更加全面深刻了。她也认识到，选择了嫁给石油人，就选择了更多的孤单和守望。

谭文波长期在野外工作，经常连续三四个月不能回一次家，每到夜晚，空荡荡的屋子里，孤单又害怕。怀孕后，韦书红吃不下东西，吐个不停，特别是双腿浮肿得厉害，想拿杯水喝有时候都挪不动腿，那时候她多么希望谭文波能陪在自己身边啊！可是井上的生产不能停，现场的工作得有人干，谭文波又是个责任心极强的人，始终坚守在岗位上。

为了让谭文波安心工作，每次产前检查韦书红都是自己去。别人都有丈夫陪着，忙前忙后地照应搀扶，而韦书红却得自己去挂号、交费，一个人慢慢往楼上的诊室挪动。每次韦书红都得给自己鼓劲儿："韦书红，你能行！"从那时起，韦书红就明白了，很多石油人妻子最大的心愿，就是盼着丈夫回来。

谭文波并不是一个只知工作的木头人。韦书红临产前一段时间，每次休假回家，谭文波都会买一堆妻子爱吃的东西，放在妻子随手就可以拿到的地方，抢着干家务，把

2024 年 8 月 11 日，谭文波、韦书红拿着 30 年前的结婚照片合影

家中收拾得井井有条。生孩子那天，谭文波刚从井上下来，听到消息就骑上自行车从三坪镇往克拉玛依职工医院赶。

新疆初冬的深夜，马路边的树枝上正悄无声息地结霜，双手伸出来，一小会儿就冻得发麻。凌晨3点，谭文波满头大汗、气喘吁吁地冲进医院，此时孩子已经顺利降生。韦书红看到他满脸冻得通红，上气不接下气的样子，想到他在寒冷的深夜骑自行车骑了25公里，眼泪不由自主地掉下来，心底对他的埋怨也一扫而空。

谭文波不是在野外，就是在去野外的路上！家里的事他根本顾不上，都交给了韦书红去打理，上班、带孩子、干家务活。韦书红也想着如果谭文波在家能帮上一把多好，可是，谭文波在荒无人烟的戈壁沙滩上，条件艰苦，干活又累又苦，有时还睡不好觉，一想到这儿也就打消了这个念头，不由得又振作起精神，重新把家里的一切放在自己肩上。

谭文波在特作一队任工人技师时，担负着电缆桥塞作业的一些科研项目。因此加班加点也是常事，特别是实验到关键时期时，有时就住在工作室里，一个多星期见不到他。谭文波有时半夜在家，忽然又想起了什么好点子，翻身下床就往 20 多公里外的厂房跑……韦书红的心又急又疼，就给试油公司打电话："你们也帮我劝劝他，就这么一宿一宿泡在厂房里，铁打的身体也熬不住啊。"

尽管心生埋怨，但韦书红深深地明白，研发工作的关键时期真是一刻也不能耽搁。组织上的期望、生产一线的急需，谭文波承载着更重的责任和压力，这种时候，作为妻子更要与他一同分担，把家中的一切照顾好。

安顿好妻子和儿子，谭文波过了两天又要回试油队上班。到医院外面一找，自行车丢了。谭文波说："丢自行车捡个儿子，老子赚大发了。"

第六章 从修电视机开始 谭文波修上瘾了

胡杨，又称“胡桐”“眼泪树”“异叶杨”，为杨柳科落叶乔木。它和一般的杨树不同，能忍受荒漠中干旱、多变的恶劣气候，对盐碱有极强的忍耐力。在地下水的含盐量很高的塔克拉玛干沙漠中，照样枝繁叶茂。人们赞美胡杨为“沙漠的脊梁”。

以前在野外作业时，钻井旁常有胡杨树，谭文波躺在树下凝望胡杨，看到枯死的胡杨树，即使躺在地上，也能遮挡半米风沙。那时他看胡杨没什么想法。

胡杨树被当地的人称为“英雄树”，“生而一千年不死，死而一千年不倒，倒而一千年不朽”。

成家立业后，谭文波再看胡杨那伟岸的身姿，刚硬的躯干，扎根荒漠的韧劲，感悟到人生苦短，不能总纠结逃避，而是要把当下生活过好，坚持不懈追梦，他决定要像胡杨那样生活、工作、追求、探索。

结婚后，谭文波单位关爱员工，分了他们54平方米的楼房，可是办完婚宴，他们的存款一毛不剩。电视机、冰箱、摩托车、音响，这几大件家里一件也没有。谭文波准备先从最需要的电视机开始购买。1994年，经过一年的拼命干活，谭文波攒了8000元，就回到克拉玛依买了电视机。这台电视机7998元，老板给谭文波留了2元雇三轮车拉电视机，买了电视机连电视柜都没钱买了，于是谭文波就找来一个炮弹箱，高度不够又搬来几十块砖，就这样过了一年。第二年有钱了，谭文波又花640元，买了一个电视柜和沙发。

十几年后，别人家的电视机都换更大的了，谭文波家还是那台老电视机，因为电视机坏了他就修，不会修就看书学。

“哎，1994年嫁给你时买的电视机，你都修了三次了！

能不能买台新电视？人家早都换液晶电视了……”下班回家，看见谭文波满头大汗地在客厅修那台老电视机，韦书红想起前一天晚上看电视剧看了一半，电视机就罢工了直接黑屏，火气还没散去，就生气地怼了他一句。

“老婆，别去和人家比，大家条件不一样，这电视机我估计还可以修好，再让我试试。”谭文波说了这句话后，又埋头折腾了。

过了两小时，谭文波在客厅大声叫道：“老婆快来，修好了，又能看电视了！”

听到谭文波的一声喊，韦书红想到这男人怪能的呢，也是辛苦了，就顺手给他倒了杯水，到客厅犒劳犒劳他，再欣赏一下他的“工作成果”。到电视机跟前一看，韦书红差点没晕掉：“这是你修的电视，每个电视台的图标呢？图都显示不全乎？”

“老婆，不好意思，有个220μF电容，我一时找不到匹配的就用一个470μF的代替了，可能造成投影光束发生放大偏转，使得屏显示不全了，嘿嘿，凑合看吧。”

“这看个啥，你明天必须去给我买台新的！你信不信我把这电视机砸了？嫁给你这么多年，工作上买配件，你眼都不眨一下，给家里买过啥了吗？抠！”

这时候上小学一年级的儿子回来了，看见夫妻俩的争吵，急忙跑过来劝："妈妈，别生气了，爸爸已经尽力了，等他找到匹配的电容不就好了吗，再说爸爸也不抠啊，上周9号展销，在自由市场不是还给我买油炸糕，给你买了一双鞋子吗？"看到一个油炸糕就被收买的儿子，韦书红更加生气了，把茶杯摔在茶几上，转身进卧室甩手关上门生闷气去了。

"老婆，别生气了，通过修电视机，我的电器修理本事提高了，井上一些用电的设备，我也能修了，这是关键。"

回忆起谭文波那段在家里搞维修、搞科研的往昔岁月，妻子韦书红感慨万千。

有时候朋友问韦书红："你天天陪着你老公倒腾，也没见他给你买件像样的首饰，像样的衣服，你图个啥？"韦书红总是笑笑："知足常乐嘛，即便家有粮食万担，也不过一日三餐。别人家屋里干干净净，我家房间摆满工具。嫁猫随猫，嫁狗随狗，嫁个扁担扛肩上走。老公喜欢研究这些，总比那些没事喝酒、打牌赌博要有益身心吧，陪着他们倒腾也是一种生活乐趣啊！"确实，她家的积蓄有不少都花费在谭文波的实验中，车床、电机、实验器材、各种材料等，谭文波经常为了购买一个零件而跑到乌鲁木齐四处寻找。现如今，可以网上买东西，谭文波终于可以不用到处奔波买零件了，然而学会网购后，谭文波买起东西来一发不可收拾，韦书红有时候都得看着点，搞科研的人会网购，比女人网购还费钱。

经过几年修电视机、买器材，谭文波修理电器、机械等动手能力大幅提高，仅仅修东西满足不了他了，他想到了制造发明东西。

谭文波说，妻子给了儿子肉，而他要给孩子骨血，要让儿子懂得顶天立地，作为一个父亲，要给儿子以榜样，说给他听，不如做给他看，他有了更多的责任，希望儿子是最幸福的小孩。他送给儿子的第一个礼物是一辆能跑40码的卡丁车，那是一辆“谭文波牌汽车”。这辆汽车谭文波从孩子出生就开始准备了，花费了三年时间打造而成。原材料全部是一些废旧器材，有的是捡的，有的是去废品回收站淘的，有的是从家里的旧家电上拆的。这些材料，他亲手焊接、装配、设计，最后就做成了一辆类似于“卡丁车”的小汽车。而发动机，是他和同学从乌鲁木齐买回来的一辆摩托车发动机。

这一项“伟大”的发明，当时令谭文波甚是自豪。因为空闲的时候，同事或家人会驾着这辆小汽车满院子跑，刹车，拐弯，奔跑，操作自如，既能兜风又好玩。这在当时，在单位，为一大佳话。

那时石油工人都住成片的宿舍，家家户户都抬头不见低头见，人和人都分外亲。谭文波这么能捣鼓，引起了同事们的注意，一个老师傅鼓励他说："小谭，你要是把这些心思放在发明创造、技术创新上，肯定能干出名堂来。"

2000 年，谭文波给儿子制作的卡丁车

一开始谭文波听后没在意，他没那个想法，自己捣鼓是为了给单调的生活增添一点调味剂，发明创造都是科学家和专家干的事，他只是一个技工，那不是他该干的事。

2013 年 11 月，谭文波的儿子谭淞元还在读高中，为了送儿子上大学，谭文波提前一年开始考虑用什么车，带一家人去内地。那当然是买房车最好，可是没有那么多钱啊。

没有房车自己造。谭文波是有造车经验的人，车大车小，操控原理是一样的。

谭文波就卖掉了开了 5 年的越野车（越野车是他的最爱），买了一辆面包车，自己改装成了房车，太阳能充电，可以在车上吃住。一路吃住都在车上，利用路上的时间，晚上休息时一家三口，在一个相对密闭的空间，他可以和孩子像“闺密”一样聊天，告诉孩子一些人生道理、生命的意义、做人的规矩啥的。

2015 年，从小爱实操、爱动手、爱研究的儿子谭淞元，从一个普通高中的普通班级，考上了武汉地质大学。

2015 年 8 月 11 日，谭文波驾驶自己用面包车改造的房车，带妻子和儿子从克拉玛依出发向东，经星星峡、宝鸡、兰州，3000 多公里赶回老家重庆万州，一路上讲了很多人生道理。

走到奎屯，就是离开克拉玛依了。谭文波希望儿子今后无论走多远，飞多高，勿忘克拉玛依。

风沙漫卷戈壁　挥洒石油人青春的恣意
大漠荒凉中　蓬勃着钻井盎然的生机
车流滚滚　是筚路蓝缕的纹理
铮铮誓言　是斗天战地的勇气
男人要像那昂然屹立的塔基
宛如克拉玛依

第七章 艰苦的学技术岁月

钻探技术发源于古代中国的四川，首先用途是找水喝，其次作用是找盐吃。公元前 255—前 251 年，蜀郡太守李冰拉开了人类凿井采卤熬盐、发掘地下资源的历史序幕。公元 618—907 年，四川成为大口浅井采卤的集中地区，井深最深可达 178 米。

北宋庆历年间（1041—1048 年）的四川大英县卓筒井钻探取盐技术，使地下深处的卤水第一次得到科学的开采。在开采卤水的过程中，人们发现了埋藏在地下的油气资源。卓筒井开了人类机械钻井的先河。

随着科学技术的迅猛发展，不断推进人类社会的文明与进步，钻探技术由早期的机械传动手把给进钻机，到机械传动液压给进立轴钻机，再到今天的全液压动力头钻机以及自动化、智能化地质岩心钻机，不断开辟着钻探的新天地。

石油钻探是利用石油钻井设备从地面开始沿设计轨道钻穿多套地层到达预定目的层（油气层），形成油气采出或注入所需流体（水、气、汽）的稳定通道，并在钻进过程中和完钻后，完成取心、录井、测井和测试工作，取得勘探、开发和钻井所需各种信息的系统工程。

石油钻探技术需要不断学习、钻研。

师父王祖应引路的灯

1997 年 11 月底，谭文波从试油 122 队，调到了当时的科研队。

谭文波回忆道："该队承担公司新技术、新工艺的技术推广工作，在公司有着非常优秀的工作业绩和队伍作风，能进这样一个单位，当年是非常难得的，需要有过硬的技术和岗位奉献的精神。我前几年在野外队工作优秀和甘于奉献的品格，赢得了领导的信任，因为领导的惜才爱才，才给了我的这个机会。到了队上，我结识了师父王祖应，他带我维护保养工具，每次保养完，他都会反复检查与测量，确保合格才让入库，我当时年轻浮躁，对他这种吹毛求疵的做法不大认同，觉得师父太啰唆。有一次，他带我维修保养一个美国进口的井下倒扣器，该工具是井下作业事故处理非常重要的一个工具，当时有点故障，需要维

1993 年，谭文波（左一）在准噶尔沙漠石西油田试油作业

修，我们手里也没可参考的资料，工作咋进行都没头绪，师父就多方打听，反复查找资料，确定了方案。该进行拆检时，问题来了，我们没有专业的拆检设备，工作无法继续，作为年轻人的我，想着可以偷懒了反而开心：'师父，工具都没有，巧妇难为无米之炊，算了吧，公司再买个新的不就行了？'当时恰好是冬天了，工作不是很紧张，闲时作为年轻人的我好喝点小酒，有时喝大了经常上班迟到，师父看见我的一切，工闲时就找我谈心。"

师父常对谭文波说，年轻人不能混日子，人生很短，一混就老了。一定要主动学习技术，一招鲜，走遍天。懂技术，工作就不累，也能更安全地搞生产。

去西安自学　没钱时睡在火车站桥洞

当年相亲时，韦书红的嫂子就偷偷对她说：谭文波这个男人不存钱，不靠谱啊。

在妻子眼里，谭文波确实是个"败家"老爷们，"罪行罄竹难书"。结婚前欠小卖店酒钱 800 多元；结婚后也不会攒钱，他的爱好都是费钱的。谭文波爱好捣鼓电器、机械，去买各种零部件，连车床、铣床这样大设备，也自己花钱买！谭文波爱收藏，古钱币收藏、红色文物收藏、石油老物件收藏、军品收藏，自己见到喜欢的老物件，恨不得当了裤子买回来。谭文波还喜欢外出学习，就是钱再紧张，也去学。

谭文波调到科研队后，与他一起工作的有 6 个人，只有他一个技校毕业生，其他全都是工程师。面对自己文凭低这一巨大的压力，谭文波如饥似渴地学习，向本单位师傅学习，参加工会组织的各种技能培训。

这次工作调动给谭文波的人生迎来巨大的转机。谭文波激动地预感到，科研队这样一个充满浓厚科学创新和挑战的单位将是他实现梦想的舞台。为了尽快熟练掌握技术工艺，谭文波经常是从井上施工回来，就一头扎进厂房动手保养工具，熟悉工具部件，理顺工具原理，并将每口井的施工心得做好笔记。

谭文波并不满足于给这些专家们递递工具、打打下手，他相信唯有掌握前沿的技术才能被认可，唯有知识才能让自己看到不足。本来就勤学好问的谭文波知道技校毕业的他有着天然的短板，只有补课才能让自己不再落后，于是他开始了新一周期的学习，《测井技术》《电气应用》《电力系统自动化》等书籍成了他的枕边书，一边读一边写下了十几万字的读书笔记。

电子控制是当时机械研发的热门知识，想要提高工作效率、降低劳动强度，电子控制是必备的知识之一。但谭文波在技校没有学过，工作后也是一知半解，这实实在在地成了他的一个短板。许多的小发明、小创造，如果没有电子知识做基础是根本无法完成自动化的。

工作中，谭文波曾经认识了一位姓邢的电子通信方面的专家，在西安从事无人机等方面的研究。谭文波决定不

2024 年 8 月 21 日，谭文波在西安火车站

远千里拜师学艺。开始是经常打电话给邢工，询问一些技术性问题。邢工也热心得很，不管多忙，都会一一详细作答。尽管如此，谭文波还是觉得电话里学习太慢，没有当面学习那么透彻。他告诉邢工，他想在年底利用假期专程来西安一趟，系统地向邢工学习电子控制方面的知识。邢工愉快地答应了。

2002 年 7 月，谭文波来到了西安。邢工还以为他只是说说而已，没想到还真来了，感觉十分惊讶。当时，谭文波在新疆业内已经是响当当的名人，但他依然谦逊如初，依然求知若渴，眼里充满了虔诚和对知识的渴求，这让邢工十分敬佩。

邢工在西安高新区上班，住在鱼化寨。谭文波为了学习方便，就在鱼化寨的村子里找了家小宾馆住了下来。他是自费来学习的，一切花费都是自掏腰包，他先把返回克拉玛依的火车票买好。平时剩下的钱都买了那些工具和实验品，投资小发明了，因而口袋里没有几个钱，他就找了家最便宜的宾馆住下了，西安郊区鱼化寨家庭旅馆，冬天去，没有暖气，特别冷。一张床，一个水泥台子（当办公桌），一个便池，薄被子褥子，屋里啥也没了，最便宜的房间，每天 5 元，有时开水也不烧。还有五瓦的白炽灯，昏昏暗暗的。

谭文波白天学习看书，自己做一些小电路。到了晚上，邢工就去给他讲一些电子控制等方面的知识，解决谭文波遇到的技术问题。谭文波从新疆带来了一些样机和线路板，邢工就给他从电路的原理，一直讲到代码的实现。谭文波细心地用本子做好笔记，然后第二天他一个人在宾馆的时候，就又开始“捣鼓”，直到“捣鼓”得彻底明白为止。每天都是这样，温故而知新。谭文波提出问题，邢工解决问题，然后他们一起探讨问题，邢工再给他灌输一些当下最新最实用的电子知识和软件运用，譬如 ARM、嵌入式编程等。

谭文波工资低，为了多买克拉玛依缺少的各种元器件，就得省钱，这次想买的材料、器材太多了，仅靠每天吃馍、吃面条省钱还不够用，于是谭文波想到了住，5 元一晚上的西安城中村鱼化寨家庭旅馆也不住了，他看见一些流浪的、要饭的都住室外，干脆自己先溜达到半夜，下半夜就住进西安火车站后身的一个桥洞，垫两张报纸，谁也不认识，身上也没钱，不怕偷，地上太硬，多翻滚一会儿也就睡着了。

为了多留在西安几天，多学习几天技术技能，谭文波住桥洞，一住就是一周。晚上住桥洞，早晨到西安火车站洗漱好，吃个馍，喝完开水，又精神满满去邢工家学习了。

住桥洞，省下住店钱，把钱买元器件。当时克拉玛依、奎屯、石河子、独山子一带都没有西安这样便宜、丰富的元器件。所以，每次谭文波都是把所有钱都买各种实验器材，回新疆时，兜里都没钱了。

买好元器件回克拉玛依后，谭文波说起自己睡桥洞的经历，韦书红心疼得眼里含泪。儿子知道后说：“爸爸，你太可怜了。”谭文波笑笑说：“我一点都不可怜，我行李箱里装满了，多买好多器材、元器件，脑袋里都是邢工教会我的技能技巧，睡桥洞睡来元器件，我觉得太值了。”

2009年，谭文波又一次到西安“取经”。腊月的西安，温度很低。因为住的是便宜宾馆，所以除了一张电褥子，再没有任何的取暖措施，而谭文波学习的热情丝毫不减。有时候他睡到半夜，会突然一骨碌爬起来，去画电路图，然后第二天又一个人去西安电子市场买回元器件，自己焊接、调试，遇到问题，晚上又和邢工一起解决。如此学习，一直坚持到除夕的前一天。西安大雪压境，遍地冰封，许多的公交车都停止了运营，长途班车就更是“蛰伏”了。谭文波总算买上了回重庆的火车票。而在此之前，为了多学一天，他迟迟不愿订票。

这个省吃俭用的汉子，却非得给邢工留一笔数额不小的“拜师费”。谭文波多次给，邢工多次拒绝。临行那一天前，他气得快哭了，说：“那就留1000元吧，是给您母亲大人的！”

往后接连几年，谭工每年都会自费来西安一趟，与邢

西安火车站附近桥洞

工共同学习探讨差不多一个月时间。每次来之前，他都会把要问的问题记录在本子上。而他的本子上，永远有密密麻麻问不完的问题。

千淘万漉虽辛苦，吹尽狂沙始到金。

这种善于学习、总结的习惯让谭文波于2008年底实现了质的飞跃，由一名技术过硬的普通工人成为名副其实的专业技师。那时的技师相当难考，竞争对手多，个个身怀绝技，他只能笨鸟先飞，勤学苦练，不知熬过了多少个不眠之夜，最终取得了优异的好成绩。

在学习的过程中，谭文波不仅拜过邢工为师，还向很多人请教过。自此，谭文波一脚踩进了创新钻研的大门，一天到晚除了工作、睡觉，就是做实验、搞研究，他从中体会到了前所未有的乐趣，也第一次真实地触摸到了自己的理想。

2000年、2002年、2006年、2007年、2009年，谭文波一次次自费到西安学习技术，购买元器件。唐僧取经是从西安沿河西走廊向西走，谭文波取经道路和唐僧正好相反：从克拉玛依向东到西安。

第八章 共和国石油长子 铁军育铁人

克拉玛依油田，位于新疆维吾尔自治区准噶尔盆地西北边缘的克拉玛依市，是中国第一个大油田。这个油田的发现和开发，对于新中国成立后的石油工业发展具有重要意义。克拉玛依油田的发现结束了中国不产油的历史，并在大庆油田发现之前是全国最大的油田。克拉玛依油田的发现和开发，不仅为中国革命和经济建设作出了重要贡献，还培养了大批石油人才。克拉玛依油田的发现和开发，体现了新中国成立后在石油工业方面的重大成就，因此被称为“共和国石油长子”。

克拉玛依石油人有着光荣的传统。

1958年10月6日，石油工业部克拉玛依现场会在友谊馆开幕。来自全国的石油厂矿代表1000多人参加了大会，为促进我国石油工业的腾飞，各路英雄汇聚一堂，传经送宝，交流经验，打擂比武，历时18天。

10月13日，现场会进入大会发言、经验交流阶段。玉门油矿的王进喜、新疆局的张云清、四川局的聂文海等几个标杆队代表的发言，最令人关注。王进喜提出“月进尺破五千，钻井标杆立祁连”；张云清提出“今年最后三个月，再打进尺一万五，人人贯彻总路线，誓保标杆立天山”；聂文海提出“学新疆，赶新疆，超新疆，定把标杆插上峨眉山。”

红色的基因，火红的团队。谭文波工作在“共和国石油长子”企业，企业文化、企业教育，都让他身上充满了石油人特有的精气神，那就是石油精神。以“大庆精神”“铁人精神”“苦干实干”“三老四严”为核心的石油精神，一直都是石油石化行业的灵魂和根基。

大庆精神，产生于20世纪60年代初举世闻名的大庆石油会战，是中华民族精神的重要组成部分。大庆精神始

20 世纪 60 年代，新疆试油大队第一届技术操作运动会

终伴随大庆油田的开发建设而不断丰富完善。

“铁人”是 20 世纪五六十年代社会送给石油工人王进喜的雅号，而铁人精神是王进喜崇高思想、优秀品德的高度概括，也集中体现出我国石油工人的精神风貌。铁人精神无论在过去、将来都有着不朽的价值和永恒的生命力。

中国石油工业发展，一个又一个辉煌都是在“苦干实干”的基石上拼搏而来。党和人民对石油人的这一特质给予了充分肯定，“苦干实干”也成为石油人攻坚克难、无私奉献的精神禀赋。是“苦干实干”支撑着中国石油不断创新、发展。未来，在科技日新月异的年代，仍然需要“苦干实干”。

“三老四严”精神，即对待革命事业，要当老实人，说老实话，办老实事；对待工作，要有严格的要求、严密的组织、严肃的态度、严明的纪律，这是大庆石油职工在会战实践中形成的优良作风。“三老四严”的提法，最早出现于1962年，到1963年就形成了完整的表述。这一优良作风，来自实践，是在大庆领导的反复倡导和精心培养下，通过实际工作的磨炼，逐渐在职工队伍中形成的。

谭文波所在的中国石油集团西部钻探工程有限公司（简称西部钻探公司），成立于2007年12月，是中石油按照集约化、专业化、一体化整体协调发展思路，整合新疆、吐哈、青海等油田工程技术服务业务而设立的首家专业化钻探公司，是西部和中亚地区规模最大的工程技术服务企业。主要开展钻井、固井、录井、压裂、试油等工程技术服务，兼营油气合作开发、技术研发与产品研制等业务。具备适应西部和中亚地区各种气候环境、地质条件下的作业能力，可为油田提供从新井开钻到投产全过程一揽子解决方案和“交钥匙”服务。

西部钻探公司具有光荣的历史传承，所属队伍起源于我国石油工业的摇篮——玉门，后来陆续加入了克拉玛依、青海、吐哈等区域的钻探队伍，历经80余载融合发展而成。西部钻探一直是与我国西部地区各大油田并肩战斗的创业者和建设者，传承铁人基因，敢于担当，能打胜仗，涌现出一批以大国工匠谭文波为代表的劳动模范和科研先

1958年，王进喜（左二）代表玉门1205钻井队，向克拉玛依1202钻井队队长张云清（右二）介绍多打井、快打井、打好井的经验

锋，为祖国西部油气田勘探开发，尤其是为新疆地区的油气事业发展作出了突出贡献。

在国内，西部钻探主要服务于新疆、青海、吐哈、塔里木、玉门、长庆、西南、浙江、山西煤层气等十余个油气田。在海外，业务分布在哈萨克斯坦、乌兹别克斯坦、伊拉克、沙特、阿联酋和埃及等十个国家。从国内到国际，市场范围逐年扩大。

西部钻探公司十分注重技术人才的培养，目前拥有新疆维吾尔自治区天山英才 6 人、集团公司青年科技英才 8 人、公司各级技术专家 90 人。拥有各类大型工程技术装备 1.6 万台（套），工程技术服务队伍 1000 余支，资产总额 210 亿元。具备行业领先的科技创新优势，先后打造了 13 项工程技术利器、14 项优势特色技术、10 项综合配套技术；自主研发的 SAGD 磁定位系统、精细控压钻井系统、自动垂直钻井系统、雪狼 3.0 综合录井仪等 15 项科技利器达到国际先进水平。先后荣获国家科技进步奖一等奖 1 项、二等奖 3 项，省部级以上成果奖 52 项，保持“国家级高新技术企业”称号。

谭文波工作的试油公司现隶属于西部钻探，于 1976 年从新疆试油管理局钻井公司分离出来，时称新疆试油管理

1959 年，全国先进工作者张云清所带领的 1202“钢铁钻井队”部分队员合影

局试油大队（科级单位），是一支专业化服务的试油队伍；1978 年更名为新疆石油管理局试油处；2000 年 7 月更名为新疆石油管理局试油公司；2007 年 12 月由油田公司托管；2012 年 12 月整建制划转西部钻探工程有限公司，更名为西部钻探试油公司。主要从事油气藏勘探开发的试油、试采、油气层改造，地层测试、地质资料录取及解释等技术服务工作。连续被评为新疆石油管理局、新疆油田公司、西部钻探公司安全生产先进单位。

西部钻探公司给想干事的人机会、能干事的人舞台、干成事的人激励。

每次当谭文波团队研发、创新出现挫折时，西部钻探公司党委、工会等部门，都是支持、帮助，绝不许对工匠下绊子。

谭文波团队在泵体密封开关设计面前曾多次受挫。那段时间，整个团队气势消沉，各种质疑声更是不断，特别是在井上实际实验过程中，每一次失败就意味着数额不小的成本投入，这个时候，正是谭文波意志最消沉时，公司领导对他说：“搞创新、做实验，哪有不允许失败的?！”

谭文波就是凭着不服输的劲头，取得了好的结果。谭文波攻克新型抽汲防喷盒过程中，面对每一次现场实验失

2019 年 3 月，中国石油西部钻探公司群众性经济技术创新工作推进会

2022 年 7 月，中国石油西部钻探公司高技能人才技术技能交流活动在谭文波工作室举行

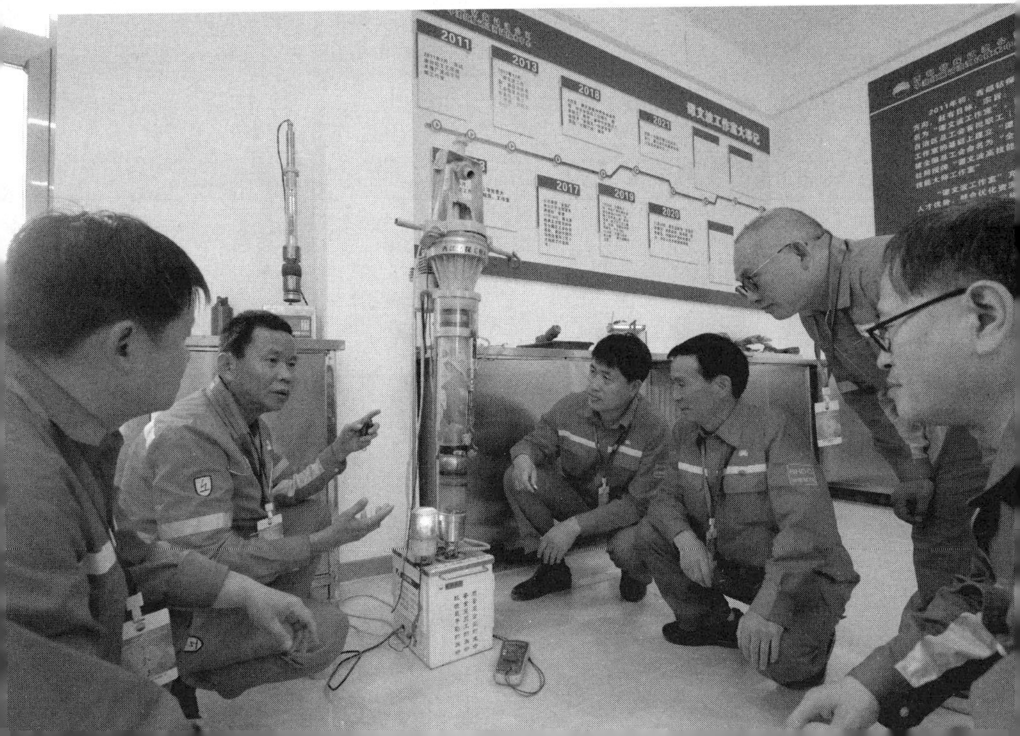

败，他承受了巨大的压力，为了解决这个问题，试油公司决定派驻领导亲自到现场，帮助协调设备、资源，关注这次技术革新，历经失败，最后一次在现场实验成功。

西部钻探试油公司三届二次职代会上确定：致力于培养具有工匠精神的操作技能人才队伍，以谭文波工作室为核心，利用两级技能专家，持续推进一线难题攻关，培养

2024 年 8 月，谭文波在原新疆试油培训基地

新一代技能骨干。注重 45 岁以下企业技能专家、40 岁以下资深技师的培养，持续优化高技能人才队伍结构。强化“双师型”人才培养，促进技术、技能人才相互转化，培养 1—2 名技术技能专家和自治区、集团公司名匠人才，让“大国工匠”一颗星发展为“新疆试油”满天星。

第九章 务实的劳模创新工作室

伯乐慧眼识“父子工作室”

很多职工是当上劳模后，单位才为他建立了劳模创新工作室；而谭文波是自己在家先建起工作室，后来才当上劳模。

2005 年 3 月，谭文波家在克拉玛依买了经济适用房，考虑到自己和孩子的许多物理化学、生物天文实验器具能够应用和施展，谭文波选择买的顶层。楼层高，楼顶的空间可以充分利用起来，于是，在已有天文望远镜的情况下，新购买了太阳能面板与风力发电装置，因为新疆虽阳光充足，但冬天还是需要风力发电来补充，再说克拉玛依的土特产就是石头和大风，不能浪费。

平时靠太阳能面板给蓄电池储电，通过控制器完成控制与模式自动转换，在每个房间装上照明设施，通过逆变器完成用电设备的选择适应，除了空调不能带动，家里其他设备都可以带起来。这也是为了让孩子对环保能源有个认识，观念上接受新型能源，对自己今后的路有所思考。

这事还引起过邻居的误会："整个楼都停电了，你们家咋有电呢？灯火通明的？"孩子骄傲地告诉邻居："我爸爸和我自己装的太阳能发电装置。"

一转眼，5 年过去了，"父子工作室"成为谭文波下班后钻研和培养儿子动手能力的好平台，父子俩在不断地实践操作中，修理电器等动手能力都得到大幅提高。

谈起谭文波的"父子工作室"，韦书红回忆道："谭文波是个极爱倒腾的人，家里仅有八十多平方米的三室两厅，成了谭文波父子的实验室，显微镜、感应起电机、天文望远镜、大小车床、各类化学物理实验器具……被这些

谭文波一家人在家里“父子工作室”

东西填充得满满当当，只要一有时间，父子俩就宅在里面，一边讨论，一边实验，每次两人倒腾完，实验室几乎进不去人。谭文波经常为了随时钻研，把单位的器材拿回家倒腾，因此家里随时可能上演工具总动员，各种工具摆满了客厅、书房、卧室，这时候，我就要不耐其烦地给父子俩打扫，当然我也会没完没了地唠叨：‘要是没有我这么强健的身体，简直无法伺候你们父子俩！’唠叨归唠叨，他和儿子每每在工作、学习后拿回各种奖项，我又会一如既往地投入各种打扫工作中。”

2010年春节前，谭文波当选为试油公司首届年度人物，时任试油公司党委副书记任建国到他家中慰问，被他家的一间小屋“震惊”了，书架上摆满了各种各样的实验器材，一张不大的书桌上也是各种电子器件和工具。谭文波告诉他，这是他家的“父子工作室”，是为了培养孩子的动手能力和科学兴趣而设的，作为一个经常出野外工作的父亲，回到家中，能和孩子一起在这里做实验、捣鼓东西是件非常幸福的事儿。

结束慰问，任建国就在思考，如果能把这间工作室搬到工作单位，必能发挥更大的作用，还更能影响聚力一大批有志员工。受“父子工作室”的启发，当即定名为“创新工作室”。

2013年5月8日，试油公司在特殊作业分公司作业一队院内举行了“谭文波工作室”揭牌仪式。

“谭文波工作室”以西部钻探公司“十大党员先锋”谭文波同志命名，它的前身为“创新工作室”，是谭文波在2010年底为了引导好新分来的青年员工，做好传帮带及“讲学评转”的工作成立的。2011年至2012年，工作室成

谭文波在家中的“父子工作室”钻研

员共完成了论文16篇，“小改小革”32项，其中，青年员工高斌完成的论文《连续油管在准噶尔盆地水平井的应用》在部级刊物发表，并获得2项国家级发明专利。

为了更好地发挥优秀党员的示范、指导和辐射作用，打造试油公司以党员骨干为主的专业化成长之路，试油公司党委全力打造“谭文波工作室”。工作室由“谭文波书屋”和“谭文波攻关室”两部分组成，以“引领、聚力、攻关、创新”为工作理念，同时还制定了工作室成员职责及工作室日常活动内容，并悬挂在墙上。

工作室成立后，在谭文波的带领下，大家捣鼓着各种与生产相关的“小改小革”的创新工具，交流探讨生产现场遇到的难题，当年就在生产中见到很好的效果：利用废旧材料对传统井下工具进行改造，使得作业功效提高一倍；将报废电缆进行铠接利用，使工具作业效率大幅提升，直接创效130余万元；发明了连续油管液压助排器，使排管、倒管作业的工效提高了30倍。

回忆这段往事时，常怀感恩的谭文波说：任建国书记是好人啊，可惜才61岁就因病去世了。

劳模工作室“要人给人要枪给枪”

谭文波在技校毕业参加工作仅4年后，就针对试油现场施工中发现的问题，开始了他的“小改小革”之路。他设计制作的井口护板，改进的螺杆钻背钳、动力头人工收车转机械收车、便携式油水界面测量仪等10余项小改小革，在生产现场得到广泛应用，降低了劳动强度，提高了工作效率和安全系数，得到了领导的肯定和员工的好评。谭文波荣获2010年试油公司“年度人物”称号。试油公司希望发挥他“爱琢磨、爱折腾”的性格特点，同时凝聚一大批有志创新的员工，在生产中发挥更大的作用，随即决定让他组建团队，围绕试油生产现场难题，搞发明创造和技术革新。恰逢工会系统开展创新工作室创建工作，“谭文波工作室”就这样应运而生。

2013 年 5 月，试油公司党委正式给“谭文波工作室”命名揭牌，最初为 3 间小房子，面积不足 100 平方米，配备简易的办公桌椅和书架，后来工作室拥有了上下两层楼、1000 多平方米的固定活动场所，配备了办公桌椅、计算机、投影仪、资料柜和车床机具等设施设备。谭文波工作室一经投用就激发了工作室成员的工作热情，他们经常聚集在一起，分析生产中的难题，探讨解决之路，创新的火花不断迸发。可以说，“谭文波工作室”的成立，为“电化学法”取工具断头、“新型防喷盒”、桥塞的底座加装锥型引鞋和新型桥塞坐封工具从实验室走向矿井起到了巨大的推动作用，真正意义上把谭文波的个人爱好与岗位创新结合在一起。谭文波将工作室作为大显身手的舞台，带领着 10 余名技术骨干在这里继续学习钻研、改造创新。这份努力也为他带来了丰厚的回报。

在谭文波工作室的创建过程中，西部钻探公司行政和

2013 年 5 月，新疆试油公司举行“谭文波工作室”揭牌仪式

工会陆续投入 53 万元，试油公司投入 30 万元，争取到新疆维吾尔自治区总工会和克拉玛依市总工会经费支持 15 万元，争取到克拉玛依市财政拨款 5 万元，为“谭文波工作室”的创建和开展技术创新活动提供了强有力的资金支持。液压防喷盒装置、电动液压桥塞坐封工具就是在公司加大资源支持的背景下研制成功并投入现场生产的。从实施“小改小革”到攻关大型科研项目，掌握关键核心技术和“卡脖子”技术的谭文波工作室实现了创新道路上的华丽蜕变。

工作室成为“职工小课堂”

有了劳模工匠的传帮带，工作室既是传承工匠精神的载体，又是培育工匠的沃土。首先，工作室彰显了专家创新创效的魅力，也展示了教练因材施教的魔力。以谭文波为代表的专家，敢于挑战瓶颈问题，带头攻关，解决了生产难题。以唐建军为代表的培训师，坚持抓井场送培训、技能大赛的集训和新员工入场培训不放松，针对薄弱环节因材施教，效果凸显。其次，工作室也激发了员工学用结合的动力。

持续做好导师带徒“传、帮、带”工作。通过在生产实践、技能攻关中传、帮、带，重点培养在本专业领域若干德才兼备、技能一流的领军人才，加快培养一批敬业爱岗、能够传承和超越技能专家绝招绝技的接替型青年技术技能骨干。有了工作室，员工有了更多动手的机会，特别是有专家指点，学习的动力倍增，学习效果显著，已经成为员工培训的“大讲堂”、专家培养的“孵化器”。

2014 年，谭文波工作室被纳入公司员工培训体系，先后承担了公司技能大赛选手的培训授课，员工技能鉴定培训授课，以及新员工入厂教育、公司员工技术交流等辐射更广的示范引领工作。截至目前，谭文波工作室为公司培养技能工人 737 人，占员工总数的 59.3%。其中，高级技师 9 人，西部钻探技能专家 3 人，集团公司技能专家 1 人。

工作室近三年承办公司技能大赛培训 3 届，培训课时超过 500 课时。对内技术交流协作的方式主要包括在线技术交流、现场交流、多媒体交流等，交流 32 场次；对外技术交流协作主要依托集团公司高技能人才在线交流工作，涵盖现场交流、多媒体交流等方式，对外交流 25 场次。

技能人才在谭文波工作室这个平台上，通过对内对外的交流充分施展他们的智慧，由此带动更多的一线技术人才一起动手，吸收外界创新思路，设计制作工作中的小配件及创新实验教具、多媒体课件等，鼓励和培养大家的创新意识和科研兴趣，工匠精神得以薪火相传，层出不穷的技能骨干在工作室的引领下成长成才。

当一个培训师不难，要成为一个好的培训师却不是容易的事。由于谭文波没有从事过教学或演讲工作，十分缺少培训经验。最初从事兼职培训工作时，他只是为完成培训而培训，员工处于被动接受的状态，在培训过程中甚至是只“培”不“训”，培与训分离，达不到传授与传播、交流与总结，以及提高其工作绩效的效果。

工作之余，谭文波随时随地注意收集教学资料，将图片、文字、影音等各种形式的资料网罗到资料库中，随用随取；编制大量生动活泼的PPT课件、多媒体视频、3D动画；制作各种设备零件的模型、模具，以备培训课堂上学员直观地学习和练习。培训的资料编辑完成以后，每一次课件他都要经过仔细实演，按事先制定的流程讲出来，坚持气息、语速的练习，同时听取他人的意见不断总结经

谭文波（左三）在和工友们交流

验以实现新的突破与改善。

谭文波有幸受集团公司安排，参加2016年集团公司第十三期井下作业高级技师培训班授课。他以端正的态度、一流的水平、无私的传授和亲切的交流赢得来自各大油田学员的阵阵掌声。他在培训课程中穿插一些小活动、小游戏，轻松活泼的表达方式充分调动了现场的气氛，让大家在不知不觉中感受到了试油培训师的风采与魅力。谭文波与学员进行工作思路、目标，以及创新理念各项交流时，增加的案例分析与技能专家的诀窍，获得培训中心及全班学员的一致喝彩。

谭文波工作室得到媒体的高度关注，中国石油报特派记者对谭文波进行了专题采访，多家媒体平台也先后对谭文波工作室和谭文波本人进行了采访报道。自2018年以来，谭文波工作室及其本人登上了《人民日报》《工人日报》以及中央电视台、新华网、中工网等国内重要媒体。

“谭文波天天不回家，是不是有相好了？”

2011年，劳模创新工作室建立后，“国际形势”变化了，当时的劳模创新工作室是一层楼的几百平方米房间，有电脑，有工作间，有教室，有床，有卫生间，比家里十

谭文波（左一）和同事讨论解决工作中出现的问题

几平方米的“父子工作室”大了很多，更方便谭文波钻研了，在搞实验时，车钳铆电焊，搞出大动静也不怕影响家人了，谭文波搞科研的积极性更高了。

由于工作室在郊区，距谭文波克拉玛依市里的家 20 多公里，而谭文波干起实验不能停下来，也心疼把大把的时间用在来回的路上，所以回家的次数越来越少了。

2015 年后，谭文波工作压力巨大，科研项目多，人明显消瘦了。少言语、多忧愁的谭文波，有时废寝忘食到一两个星期妻子都见不到他，还有时半夜在家想起什么好点子，翻身下床就往20多公里外的工作室跑，家里人都拿他没有办法。

韦书红的一个好姐妹了解谭文波家里的情况后，犹豫再三之后跟韦书红说："这谭文波总不回家住，钱也都花在外面，半夜还往外跑，能不能是有相好了？男人四十一枝花，可得看住了。原来不进城，油田职工都住在基地宿舍时，没有花花事，咱们都搬进城里后，就有这些事了。"

见韦书红愣住了，那个好姐妹接着说："小红啊，就当我没说啊。"

经好姐妹一提醒后，韦书红原来看谭文波搞实验，像个科学家，走路上班熬夜都像；现在看谭文波，就是在外面有相好了，整夜不回家，能干出什么好事？不像好男人，走路上班熬夜都不像。

试油队领导打包票劝韦书红："老谭就是工作忙的，今后我们也多催他回家，也催他别熬夜，注意身体。"

谭文波也跟韦书红解释道："井上送来了一个发生故障的桥塞工作筒。几个人一起把它搬进厂房，马上了解故障情况，分析可能原因，然后拆解、检测，最终发现是国产电机出了故障。我马上更换电机、组装、调试合格，然后又和车组人员一起上井完成施工作业，返回单位已是凌晨3点，又忙一会儿就快天亮了，只能在工作室打个盹，回不了家。”

之后，公司领导也把韦书红调到谭文波工作室，负责工作室日常管理工作。

如此一来，韦书红对谭文波的科研更支持了。

集车间、教室、荣誉室、宿舍于一体的劳模工作室

谭文波劳模工作室位于克拉玛依市三平镇试油创业基地，这个楼是1984年建成的二层楼，质量非常好，一直用于办公和科技实验、器材维修，一楼就是按车间要求设计的，以前是保养车间。1998年，谭文波调到这个单位，就是在这个楼学习操作使用各种车床、磨具。

2011年成立谭文波工作室，是在二楼划了20多平方米的场地，供他使用。随着谭文波创新成果的增加，公司领导发现工作室地方太小了，不够谭文波“折腾”，于是在2013年，就把工作室扩展到二楼整层，足足有400多平方米了；可在二楼，没有电梯，各种实验器材搬上搬下太麻烦，为了更好地支持劳模创新，为职工创新提供大舞

谭文波在工作室钻研，他就这样，度过无数不眠之夜

台，2019 年后，公司领导干脆里里外外装修整栋楼，把这 1000 多平方米的大楼，都改成谭文波劳模工作室了。

2014 年 6 月，西部钻探公司在谭文波工作室的基础上建立“谭文波井下工具技能专家工作室”。2017 年 11 月，谭文波工作室被全国总工会授予“全国示范性劳模和工匠人才创新工作室”。2019 年，克拉玛依市人社局授牌“谭文波高技能人才工作室”。

谭文波劳模工作室与全国很多劳模工作室的不同之处，在于其规模较大，总面积有 1000 多平方米，且分为两层楼。工作室二楼是荣誉室和会议室，可供上百人参观、座谈，除了展示谭文波多年工作照片、用品、证书、绶带，还展示谭文波收集的油田很多老物件，如石油工人的老棉袄、帽子、茶缸子、发报机等。

工作室一楼一部分是教室，放置 3D 打印机等设备，用于开展青年员工培训和举办技能比赛；另一部分是车间，也是攻关实验厂房，里面装满了各种钻井设备、钻头、零部件，以及车钳铆电焊等各类工具和车床。车间上方配有移动电吊车，可进行各种载重作业。

劳模工作室，第一用处不能只是荣誉室、参观室，不是为领导参观设立劳模工作室，而是为劳模科研提供便利。谭文波工作室相关办公设备配备齐全，有满足技术研究、带徒传技所需场地、工具仪器，拥有500平方米厂房一个及工具库房实验井口地坑。厂房配备行吊、液压拧管机、液压虎钳、9332A及C3车床各一台、9510铣床一台。打捞工具库配备各种国产、进口石油井下工具，满足科研实验和培训教学。

工作室拐弯的一角，是谭文波的卧室，走进卧室，迎

谭文波工作室

面的木板墙上挂满了各种板子、钳子、螺丝刀、焊枪、焊条、螺丝、胶带、电源器、插头、钻头、螺母、螺帽等。拐个 90 度的弯，就走进用木板、绿色铁文件柜隔出来的谭文波加班卧室，卧室宽 1.5 米，长 2.5 米，一面墙都是工具书，一面墙是铁文件柜，前面是书柜，上面放着电脑和纸笔，谭文波就是在这里查资料，画图纸，有了“小改小革”想法后，起身去几十米外的车间，就可以实际操作了。

谭文波劳模工作室附近还有一个 1000 多平方米的仓库，里面是过去谭文波捡回来的各种工具、器材、物件，在别人看来就像个废品站，而在谭文波心里却把它当作“珠宝行”。

工作室围绕生产现场中的重点和难点问题，不断创新试油生产工艺技术，力争每个创新的想法都能建立一个研究课题，每一个研究课题都能紧扣试油生产工艺优化的需求。通过对试油技术、工艺的优化改良，把创新成果应用于生产并不断改进，使技术成果不但更加成熟实用，而且能迅速转化为生产力。

谭文波劳模工作室，是车间、是教室、是实验室，也是工地。一批批年轻人，从这里学到本领，走向生产一线；一项项小改小革小发明成果，从这里快速运用到钻探一

谭文波在工作室前留影

线，解决生产实际问题，并在中石油更大的范围推广、运用、开花结果。

2017年11月，全国总工会在浙江省宁波市召开了全国工会深化劳模和工匠人才创新工作室创建工作会议，谭文波领衔的技能大师工作室被授予“全国示范性劳模和工匠人才创新工作室”称号。中国石油系统共有4个创新工作室获得命名表彰，谭文波是4个工作室中唯一于技校毕业的带头人。

近几年，受谭文波工作室的启发以及员工创新激情的推动，公司工会着力提升创新工作室创建质量和工作水平，促进创新成果转化和技术交流，推动创新工作室不断深化发展，又先后创建“晓亮攻关室”“先行者地质团队工作室”“塔河胡杨团队工作室”“大漠匠心工作室”等。各类创新工作室为公司打造技术水平高、创新能力强的队伍起到了促进作用。

第十章 把党课搬进劳模创新工作室

西部钻探公司党委坚持“油气开发到哪里，党的建设就延伸到哪里”，将党支部建在井站、建在班组、建在项目，让党旗在千里油气区高高飘扬。

西部公司党委注重职工红色基因传承与教育。谭文波作为一名党员，更是走在前面。他的劳模创新工作室，布置了很多他收集来的“红色记忆”物品，如油田工人的老笔记本、工作证，以及胶片电影机，能在白墙上播放过去的红色老电影，如《上甘岭》《开国大典》。

作为一名党员，谭文波深深知道，仅靠工作安排，人的科研是走得慢的。科研需要内在的动力，这个动力就是强大的爱国主义。

爱国爱党教育，从身边开始。2012 年 3 月，公司把党课搬到了谭文波的工作室，那时的工作室还只是谭文波自己的小工作间，叫“创新小组”工作室，还未被命名“谭文波工作室”。也就是在这里，不少公司的党员和积极分子真切地感受到了谭文波的工匠情怀。

讲党课的时候，一眼看过去，谭文波还是那个身边的普通工人师傅，数年如一日的一身操作服全是油污，黑黑瘦瘦的样子毫不起眼。工作室本身就不大，一下子来这么多的人更显得狭小。映入大家眼帘的是各种工件剖面、各类手工件、石油行业书籍和物理化学实验课堂上才出现的瓶瓶罐罐。

这是一堂别开生面的党课。谭文波讲述自己刚刚来到工作地——塔里木河边，在茫茫的荒野曾经迷失过方向，想当逃兵；讲述自己刚参加工作时并未把心思完全投入工作中，是师父常劝他收收心，把手艺用对地方，在工作上发挥他的手艺价值，正是在这样的鼓励下，他才解决了大绳打扭的问题。后来他发现，他擅长的手工不仅是玩，还

谭文波工作室

可以投入工作，小改小革，创新改造。

在大家一双双好奇目光的注视下，谭文波介绍了工作室内他个人一点点收集、一点点动手改造的物件，螺丝钉、手工锯、桥塞零件……每个物件都和一件件发明的事例相关，都让他珍视不已。

谭文波告诉大家：“每个人在做事的时候都想找寻意

义，当工作遇到困难的时候总会迷茫与困惑，觉得自己没有被认可，甚至怀疑自己没有能力，这时候你需要沉下心，去做事，勤学习，最后你发现问题解决了，困难克服了，你也找到了工作的乐趣和意义。”

谭文波讲的不是高深的大道理，只是一个普通人的创新历程和生活感悟，却让大家受益匪浅。

谭文波收藏的红色文物

谭文波的工作地一开始就在前进一步是沙漠、后退一步是戈壁滩的塔里木河边。在他讲党课的时候，距离工作室不远处的戈壁滩上，不知哪个单位的工人在井场上正在拉起两条巨大的标语，一条上面写——“只有荒凉的沙漠”，另一条上面写——“没有荒凉的人生”！两条红色的标语垂在两棵胡杨树上，像鲜红的旗帜迎风飘扬，诉说石油人的心声。

工作室里走出一批年轻人

谭文波喜爱独处。他的工作室远离城市，远离居民区，每到下班后，方圆几公里，恐怕只有他自己，还有一条他捡回的流浪小狗“波比”。

当白天嘈杂的世界静下来，谭文波一人在劳模工作室读书或进行车钳铆电焊实操时，他感觉工作效率更高了。

科研、带徒弟，谭文波两手抓。

在进入谭文波工作室之前，陈方就和谭文波相识了。有一次，因为和女友吵架，影响了工作，还受到了谭文波的批评。2012 年夏天，中国石油集团公司举办技能大赛，能够参加大赛一展才艺，是每名操作岗位员工的梦想。陈方也参加了，参加集团公司井下作业工技能大赛，经过初赛，以最后一名的成绩入围。他看到各单位报名的都是高工、技师等“精英”，就慌了神，想放弃。谭文波是那一届大赛的教练，这是他第一次担任技能大赛的教练员，负责“井下工具辨识”项目。他及时发现了陈方的问题，声色俱厉地跟陈方说：“人，不能轻易地自我否定。凡事都是学习的过程，别人的基础比你好，但是你可以通过努力缩小差距，用时间证明自己。没有干不成的事，只有干不成事的人。”在谭文波的培训课上，面对那些眼花缭乱各类井下工具，他如数家珍，结构、型号、工作原理及使用方法，介绍得清清楚楚、明明白白，不由得令陈方肃然起敬。在他的教诲下，陈方通过层层复试，走到了大赛赛场，最后取得此届集团公司井下作业工大赛的个人三等奖。

王志也是通过那次技能大赛认识了谭文波，并在工作室成立后成为其中的一员。谭文波多次指导他的工作，完成了几个小发明，其中一个是量油尺。施工队现场量油管时，要两个人拉一个 25 米的尺子才能丈量，由于操作人之间互相拉扯，丈量时会出现一些误差，所以想制作一种工具解决这个问题。谭文波给他们指出了几种思路，建议他们可以考虑设计一种一头卡死另一头拉直的形态，这样丈量时就不会产生误差。在王志的心中，谭文波还是一个在日常工作中很关心徒弟的人，比如说，他们要是到野外去工作时，家里有什么事需要帮忙、有些什么东西需要修理，只要一个电话，谭文波都会及时出现。

田诚自 2007 年 7 月大学毕业后来到西部钻探试油公司塔里木试修分公司工作，以一名学生党员的身份被分到电桥投灰队，他工作生涯中的第一位师父就是谭文波。当时在塔试修 409 房间，他和师父住上下铺。没多久，他就认

谭文波在工作室留影

识到谭文波是一个非常有爱心的人。参加工作不到一年，田诚的父亲由于胃穿孔住院治疗。热心的谭文波了解到情况后，在同事中张罗着凑钱给父亲治病，还带他到队长跟前请假回家看望父亲。有一次聊天时，田诚告诉谭文波，自己所上的小学如何艰苦、山里的孩子读本书很难时，谭文波就想方设法地收集字典等各类工具书，于2008年捐赠给田诚曾经就读的田柳沙小学。谭文波多次嘱咐田诚，别忘了自己是一名共产党员，一定要做到吃苦在前，以一名党员的标准严格要求自己。田诚和谭文波朝夕相处了将近两年，这两年，谭文波带田诚走遍塔里木及塔河油田各桥塞服务现场，也让他成了一个成熟的技术干部、合格的共产党员，目前，他已经担任试油公司塔里木试修分公司试井队队长了。

李珍贵是从试油作业生产一线来到谭文波工作室的。他与谭文波相识于2012年，两人亦师亦友，在工作中，谭文波是他的老师，在生活中他们则是可以把酒言欢到深夜的朋友。2013年，李珍贵参加西部钻探公司技能比武，谭文波是教练之一。针对此次比武，谭文波和学员培训总教练唐建军一起制订了培训计划，采取了每周淘汰制和集中培训制，并针对淘汰赛中出现的问题及时调整培训计划。谭文波负责的培训课程主要有大修工具辨识及工作原理讲解、组配生产管柱图、井控知识培训、组装螺旋可退式打捞筒等。在培训中，由于李珍贵基础知识较弱，学习起来很吃力，一度想放弃比赛，谭文波以老师和兄长的身份不断鼓励他、给他开小灶实习。最终，李珍贵在这次技能比武中获得了三等奖，并获得西部钻探级“青年岗位能

谭文波在工作室钻研

手”称号。2016 年，李珍贵参加了集团公司第十三期井下作业高级技师培训班，谭文波仍然是这次培训班的讲师，再续师生缘，让李珍贵对这份师生情更加珍视。在谭文波的授业、解惑下，目前李珍贵已获得高级技师称号。

2022 年 6 月，谭文波荣获中国石油天然气集团有限公司 2022 年度技能人才奖。

谭文波在培训时说的话，让更多年轻职工铭记在心：

> 不摔跤就永远学不会走路，不张嘴就永远学不会说话，不下水就永远学不会游泳，不尝试就永远不知道成败。
>
> 技术创新要大胆，越是野蛮，越出成绩。
>
> 英雄不问出处，创新不论岁数，撸起袖子加油干，干就完了。

第十一章 大漠『土专家』故事

很多人一提到石油，就会想到黑龙江大庆油田，想到铁人王进喜，但其实提起新中国石油，还得从西部说起。铁人王进喜也是从玉门油田，走向大庆的。

玉门油田坐落于戈壁腹地、祁连山下，这里诞生了新中国第一口油井、第一个油田、第一个石化基地。1957 年 12 月，新中国宣布第一个石油工业基地在这里建成，自此以后，玉门油田便作为中国石油工业的大学校、大试验场、大研究场所，肩负起了“出产品、出人才、出经验、出技术”的重任，为中国石油工业的发展作出了重大贡献。

从20世纪60年代起，玉门油田担负起“三大四出”的重任，先后会战大庆，南下四川，驰援长庆，二进柴达木，三战吐鲁番，曾先后向全国各油田输送骨干力量10万多人、各类设备4000多台（套），被誉为中国石油工业的摇篮。从玉门油田走出并成长为省部级领导干部、两院院士的就有22人，工人阶级的杰出代表王进喜就是从石油河畔奔赴大庆、享誉全国的。

玉门精神深深影响了共和国的石油长子克拉玛依，这座城市也充满了这种石油工匠文化。与许多城市相比，克拉玛依市发展历史较短，没有较为深厚的历史文化底蕴，然而克拉玛依市作为共和国的石油长子，却有着非常鲜明的石油工业特色文化，克拉玛依油田在开发过程中留下了丰富的石油工业遗产，以石油工业遗产为主要代表的历史文化遗产就是这些特色文化的典型代表。

这个城市著名的景点是石油元素：黑油山、大油泡。这个城市著名的大学是石油元素：中国石油大学（北京）克拉玛依校区，该大学也是中国最靠西的211工程高校，近年来教学质量、生源质量等都得到了突飞猛进的发展。

以谭文波为代表的克拉玛依石油工匠，也成为克拉玛依新文化符号。谭文波的工匠故事，也从准噶尔盆地之边，传到加依尔山之间，传到河西走廊，越传越远。

“防井口落物护板”的发明

“知者创物，巧者述之守之，世谓之工。百工之事，皆圣人之作也。”承圣人之作，谭文波在雕琢中求变，用他的双手追求完美和极致，诠释着中国制造前行的精神源泉和企业竞争发展的资本。

1996年，谭文波在南疆塔里木指挥部拜城大宛齐作业，当时工作进度节奏快，基本上一天完成一个层位的测试，有杆测试作业，需要在井口人工完成许多操作，开关井、取样等，这个时候，井口环空是敞开的，要求操作人员必须小心，有时需要几个人配合，一人主操，多人用手套挡住井口做防护，大家再谨小慎微，也避免不了事故发生，如一些小工具、螺丝不慎掉入井内，严重时还会发生卡钻事故。

看到这样的问题，尽管谭文波当时只是作业队配合测试队工作，但他主动发挥动手能力强的特质，用最短的时间，做了一个井口护板：一个跟井口大四通直径一样大小

2018年4月，谭文波（左二）和同事在新疆试油工作一线合影

的环形圆盘，加工成可快速拆卸的合页结构，中间环形部分用弹性橡胶使之和井口测试管柱完美贴合，使得操作人员在开关井、取样等时，井口环空完全得到保护，可以放心大胆地作业，无后顾之忧，避免事故的发生。小小的一个发明，现场非常适用而实用，赢得兄弟单位大加赞赏。

这次发明，解决了工友们的实际问题，谭文波备受鼓舞，之后不久又开始研究发明螺杆钻反扭矩背钳。

1997年，谭文波从南疆塔里木回到了北疆，当时公司只有一台顶驱动力水龙头进行钻磨作业：钻桥塞、钻灰塞、修套都得用它，井多装备不够用，好多井钻灰塞作业还是要用螺杆钻具作业，在彩南油田彩28井进行灰塞钻磨作业施工时，钻灰塞劳动强度非常大，稍有不慎，作业管柱就发生不可预见性的反扭，进口管线、游动滑车打扭盘绕，而这些事情处理起来费时费力，影响作业进度，还极易造成人员伤害。

谭文波了解到这些情况，就在工闲的时候，利用队上现有的废旧物品，做了一个螺杆钻反扭矩背钳，到现场应用后，作业进度比以前提高数倍，大大提高了生产效率，同时也降低了事故风险。

彩31井抢险记

1998年7月，谭文波在新疆石油局试油122队试油2班当班长。这年8月，在彩31井进行套管射孔开窗作业时，从套管返出大量泥浆和天然气。对此，现场很多人都傻眼了，他们预感到试油作业中最危险的井喷可能要来了。

井喷是油、气和水等地层流体在失去控制的情况下，连续不断地涌入井筒，并喷出地面的现象。如果不及时制止，不仅会产生巨大的经济损失，还有可能酿成井毁人亡的惨剧。在井场控制井喷，需要具备非凡的智慧和胆识，才能冒着生命的危险完成任务。

井喷是石油工人最不愿意看到的情况。许多人在大庆油田会战的电影中，看到过铁人王进喜冒着生命危险，跳进泥浆池中控制井喷的场面。谭文波经历的井喷场面与之同样惊心动魄。

彩31井属高压气层，射完孔后要下封隔器。在试油过程中，封隔器主要是用来进行有效分隔油气通道的工具。谭文波和同事们在将封隔器下到第12柱时，恰好有泥浆溅到了他的眼睛里。他用手擦的时候，一只手扶到了用来吊起钻杆、油管和套管等管材的工具——吊卡，感觉到吊卡在剧烈地摇晃、窜蹦，已经无法扶住。一根油管98公斤，几十根就是数吨重了，数吨重的物体在吊卡下面还能摇动，这一定有问题。谭文波当时是1号岗，他问2号岗的人有没有晃动吊卡，2号岗的人说没有。凭经验谭文波知道情况不妙，十有八九要井喷，急忙命令大家快跑。

谭文波向左边后井场跑去，被泥浆蒙住双眼的他竟然幸运地躲在两个方罐的后面。他听到后面管子在飞、砂石在落，仿佛世界末日一般。过了一会儿，稍微安静了些，谭文波出来一看，整个井场白茫茫的一片，井里的管子全部喷了出来，乱七八糟地落了一地，清点人数后，谭文波才稍微缓过点神儿。万幸的是，这场突如其来的井喷没有伤到任何一个同事的性命。

为了控制井喷，试油公司组成了抢险队，分三个梯队。谭文波告诉笔者：“当时也没照个照片留下影像资料，

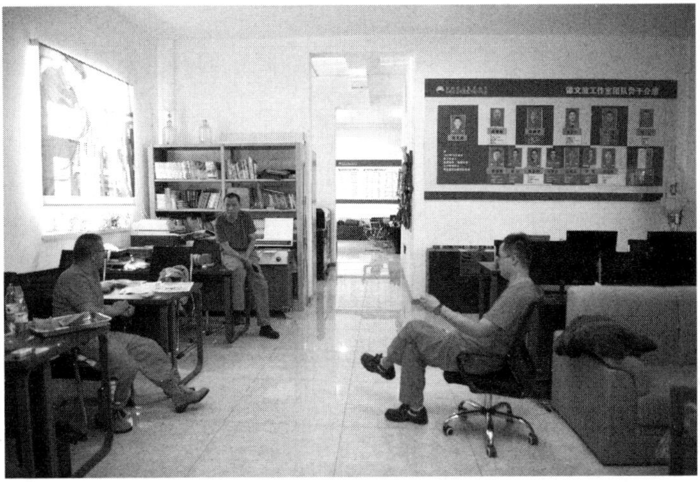

谭文波（中）在工作室和同事交流

以便在发生了万一之后，给家人留一个念想。更重要的是根本没时间去考虑这些，只有一个想法：控制井喷！”

防喷器是在试油、修井、完井等作业过程中，安装在井口套管头上用来控制高压油、气、水发生井喷的装置，它可以在井内油气压力很高时，有效地封装井口。现场喷势迅猛，井口抢装防喷器难度极大。谭文波和抢险小组必须去装防喷器，以便下管柱。如果在抢险中发生闪爆，他们将会被炸得一点渣都找不到的，但他们来不及想这些。

没有想到的是，下管柱工作没进行多久，井又在喷，人视线不好，只有靠扶着吊卡的手来感觉判断，剧烈的颤动又通过管子传送到了谭文波和刘晓军的双手。那个年代的压井技术十分有限，这口井又属于高压气井，持续作业无异于与死亡肉搏。

谭文波知道下管时刻有可能再飞出来，对他们的身体造成巨大伤害。但他别无选择，他是带班班长，技术过硬，动作灵活，又了解这口井的具体情况，他是抢险的最佳人选。当时，也没有人在想个人的安危，尽早把井喷控制住是大家共同的想法。

整个过程中，油管飞出来两次，其中一根直接飞到井架天车上面，力量之大让人不寒而栗，深感后怕。但谭文波他们没有后退的可能，他们只有完全控制井喷，这一切危难才会被画上句号。

试油公司了解该井情况后，早已经准备了丰富的全铜防爆应急物资，消防队也准备好了水龙带，两名消防员举着喷水枪对着井口，准备随时喷射，防止火灾事故。他们身后几百米处的沙梁子上，站满了焦急的工友和工友家属。

谭文波看到第二根管子冲出来时，就和刘晓军等人一起奋力抢关防喷器。他不断提醒刘晓军不要怕，只要按照施工预案来就不会有问题的。

就这样，冒着如雨泥浆，谭文波带着抢险小组经过三天三夜的不懈努力，终于完成了彩 31 井抢险工作。后来，单位给参加抢险的谭文波他们每人发了一套有防静电功能的军绿色工衣作为奖励（平时他们的工衣都是红色的，军绿色是谭文波少年时从军梦想留下的爱好），这件用生命换来的奖品让谭文波高兴极了。

事后有人问：“谭文波，你怎么那么胆大，一点都不怕？”

谭文波说：“谁说我不怕，我怕得很，但我得挺住。

你不去他不去，大家都不去井就完了。既然总得有人去，我是班长我哪能不去！”

动力钻人工收车改机械收车

1998年，谭文波有幸调到顶驱一队的前身——科研队，选择岗位的时候，好多同事建议他到电缆桥塞班，但他知道这个队有个动力班，是井下作业钻、磨、铣、捞工作，有李百放、陈友忠这样的专业技术人员在，喜欢井下作业、喜欢挑战的他，选择了动力班，因为他相信任何工作直接从现场一线岗位干起，才能最全面地提升自己的技能，于是谭文波开始从事井下作业钻、磨、铣、捞的工作，这也为他未来成为技师，成为专家奠定了基础。

到了动力班工作一段时间后，问题来了，动力钻动力水龙头重达980公斤，每次作业后收车，由游车吊起，完全靠人力把动力水龙头拖至存放架，再指挥游车放下动力水龙头。由于谭文波比较瘦小，加之动力头自身笨重，收车时很困难，特别是施工场地环境不好时，为收车就要浪费一两个小时，费时费力不说，对下一步施工安排的影响也相当严重。甲方为此感到不满，同事们也为谭文波每次吃力地干活而心疼，谭文波自己也非常苦恼：能不能想个方法，做到省时省力？

不久，谭文波提出，利用动力钻自身的液压动力，改进一套省时省力的机械方式。方案一提出就受到大家的质疑：“不要乱整，就你？这是我们公司第一台进口的动力钻设备，比较金贵，机动科有明文规定，不准私自改动！”

“不准私自改动！没讲不能改呀？我们的任何设备不是为了让我们工作更好、更轻松吗？打报告改！”李百放、陈友忠两个技术员赞成谭文波的想法，立即书面打报告给了机动科。

于是谭文波等几个年轻人，利用空闲的时间，一场靠人力施工方式改机械方式的革新开始了。

利用动力头上压盖螺钉加固定角铁和导绳钩（因动力头收车时动力头并不是垂直的，所以必须加导绳钩），使收车时动力头压紧螺母端面，排绳整齐不混乱。到了现场使用效果非常好。

小小的改动就解决大问题，利用其方法收车省时、省力，为现场顺利施工提供很大的保证，能安全平稳地将动力头收入存放架，极大地减少了人员及设备的损伤。此收车过程，只需几分钟，也为下一步现场作业预留了时间，提高了作业效率。

“德国人能做的，我们也能做”

谭文波从小就在石油精神洗礼下长大，参加工作后，艰苦的工作环境让他感触很深，一直思考通过技术改进提升现场简陋的生产条件和工具，提高生产效率。

厂房里一个并不宽敞的房间成了他最初的工作室，角落里堆满了各种的废旧零件。空闲的时候，他总是捣鼓着他的“宝贝”，近乎痴迷，吃住在单位是家常便饭。对于每个零件设备，他都要摸透结构和原理，并加注自己的思考。

当谭文波如数家珍地说起别人眼中的“破铜烂铁”时，不时会得到质疑的声音。但正是这些不值钱的零件和那间不起眼的工作室，为他验证灵感提供了条件，不服输的他走上了不断突破自我的创新之路。

2008年的一天，谭文波在南疆塔河油田施工，一辆装载着德国力士乐液压系统的电缆车液压泵发生了故障，经供货商服务站检查，决定换泵。从德国更换新泵需耗时半年且价格昂贵，而每耽搁一天，单位就要遭受很大的经济损失。

“不能修只能换？知道你没办法，不就是卡我们的脖子嘛！”内心倔强的谭文波主动请缨，查阅大量资料，在厂房里整整“窝”了三天。最后，他大胆判断，拆了液压泵，利用废旧材料排除故障，使其成功继续作业。这件事为公司挽回经济损失 100 多万元。从那之后，谭文波的名声逐渐大了起来，大家都知道试油公司有个“土专家”。后来回忆起来，谭文波道出了他当时真实的想法：“德国人能做的，我们也能做。”

“回想起来，两年前我给青年员工讲课时做的课件，用的还是国家第一批‘大国工匠’的例子，现在我居然成了其中一员。”接受采访时，谭文波说，“自己就是幸运而已，赶上了一个好的时代。”

在那些日子里，谭文波白天忙完日常工作，晚上就钻进厂房研究实验，饥饿难耐时一看表多半已是后半夜，他完全沉浸在自己的世界里。也正是在那段时间，他阅读了大量专业书籍，完成了十几万字的读书笔记。

2011 年 6 月，谭文波灵机一动发明了废旧电缆再利用的铠接技术，对后来的作业起到了教材般的指导作用。电缆经过铠接后再次投入生产，在提高应急能力的同时，实现了直接创效。不到一年的时间，试油公司在 46 井次中使用这项技术，节省成本 130 多万元。

最初，连续油管车排管、倒管作业动辄需好几个小时，同事们对此的抱怨，谭文波记在了心里。2011 年 8 月，他利用捡拾来的材料及零部件发明了连续油管液压助排器，在作业过程中直接将效率提高了 5—30 倍，大家对他佩服得五体投地。

经过日复一日的摸索和积累，谭文波捣鼓出了螺杆钻反扭矩背钳、防井口落物护板、改进式防溅器、电动投灰的改进电缆铠接技术、连续油管液压助排器等一系列小改小革。

发明智能油水界面测量仪的故事

谭文波是个爱琢磨的人。琢磨机器、琢磨工艺、琢磨问题，冰冷的钢铁物件在他的琢磨中一点点软化。他说每台机器都是有生命的，不管机器虐他多少遍，他待机器如初恋。再高傲的机器，在他的“软磨硬泡”下，也会“臣服”；再倔强的零件，在他的苦思冥想下，也会被拆解；再复杂的难题，在他的反复钻研下，也会被解决。

2010 年的一天，在某作业现场，试油公司地质研究所的王富生和试油队的技术员为该油井精准产量的问题发生了争执，试产计量数据的准确性容不得含糊。

在常规试油计量作业中一般用 18m² 方罐进行计量，井内出纯水或纯油时用一般的量油尺就可完成计量，但一旦是油水混产的时候，就无法准确地掌握油与水的具体产量，传统的做法有两种：第一种为在出口取样，测量油水含量，用某一时段油水的比例来推算，此方法很失水准，比如在抽吸作业时，第 1 抽、第 2 抽、第 3 抽……每一次油水的比例是不一样的。第二种为一项作业完成后或一个工作日后放掉方罐下部的水，来计算出某一时间段产油的

谭文波在加工井下工具

一个总数，而现在施工现场往往不允许随意排液。

回到基地，王富生给谭文波讲了这个情况，善于观察思考的谭文波就与王富生商量：“能否研制一种随时都可以测量油水产量的工具？研究设计出一种油水界面测量仪，和量油尺相似，随时可以测出方罐中的油水界面，对油与水的产量分别进行准确的求算，提高准确率。”

于是，谭文波求同事们找来了不同油区、不同油井的油样。一时间他的办公室被各种油品填满，帮他到处收集油样的徒弟韦钦杰笑话道：“师父咋啦？勺料子（新疆土话，意为傻子）啦？这个又不能当清油做饭吃。”

谭文波花了几天时间，用探针逐一对油样进行分析实验，得出油和水两种液体电导率的不同。油的电阻趋于∞，而地层水无论含酸、碱及盐均有一定电阻，具有一定的导电性，这个特性让他联想起到西安和邢工学习时，接触到的一个振荡放大电路。此仪器设计的振荡放大电路工作相当灵敏。

谭文波最后做出了智能油水界面测量仪，使用时将两个探头都插入方罐的液体底部，缓慢向上提活动探头，在水中时仪器进行声光提示，一旦提过水面进入油里，由于油的电阻趋于∞致使振荡电路停止工作，操作者根据此声光提示而准确地判断油水界面，用尺子量出油与水的高度从而计算出各自的产量。智能油水界面测量仪在现场应用效果非常不错，解决了困扰试油现场的实际问题。

绿色石油　环保发明

2017 年，谭文波在完成日常施工任务之余又围绕“抽汲防喷盒”的加工改造日夜忙碌，这是他为新项目开发连续作战的第三天了，这一天他先后尝试了“新型防喷盒”的四种改造方案，但很快都被自己否定。发明进程受阻，神经高度紧绷的谭文波告诫自己：“不能急，要保持头脑清醒，重新整理思路，一定有一种方案可行。”等到凌晨 1 点，创业基地厂区内夜深人静，谭文波在厂房外大口大口地抽着闷烟。他脑子里一直在思考如何实现“防喷盒与抽汲绳完全动态密封”的问题。突然，灵光一闪，一个新想法从他脑子里蹦了出来——既然要密封，现在围堵不行，疏导可否？说干就干，他打开厂房灯、启动电焊机按照新思路对工具开始连夜加工。终于，经过反复多次试压和动态模拟实验，看到所有参数符合要求后，他长舒了一口气，心里却还在担心现场实验的真正考验。

2017 年 6 月 28 日，谭文波带着他的“新型抽汲防喷盒”亮相百34井，进行首次现场实验，随着抽子的快速上提，紧盯着防喷盒的谭文波心都提到了嗓子眼。“方罐罐口出油了！”试油队员工大声报告着。谭文波看着自己制作出的新型防喷盒矗立在数米高的防喷管上正常运转，整个抽汲过程安全环保，无油滴落地。终于，他紧锁多日的眉头慢慢舒展开来，会心地笑了……至此，一项革新发明工

谭文波在克拉玛依野外作业测试车上工作

具诞生了。一同在现场观察新型防喷盒应用实际效果的公司副经理肖辉，一把握住谭文波的手激动地说：“太棒了，真是好样的！感谢你，在咱们试油抽汲工艺中，这个小发明可解决了环保大问题呀！”

第十二章 从『破烂王』到『魔术师』

西部石油“破烂王”

万物有灵，不管是大如井架、汽车等机器设备，还是小如螺丝钉、电子管、变压器线圈、小电机等，在谭文波的眼里，皆有灵性。

在谭文波的工作室里，桥塞工具、井下工具样品等各种各样的加工机械琳琅满目，塞满边边角角的各种废旧零件五花八门。有人说：“你一个大国工匠，工作室堆这么多的破烂，是不是有点丢人啊？”以各种电子元器件为例，谭文波收集了很多，原本可以扔掉的，却都整齐地堆放在工作室中。他说，这些电子元器件都好好的，只是暂时没有用武之地；但不是报废了，如果把它扔了就可惜了，收集起来让它们站好队，等待我们做实验时的召唤，这会节省很多钱。

为企业节省钱，就是为企业增加效益。谭文波常说，在单位就像是自己家过日子一样，时刻想着节约成本，要在少花钱的情况下多解决工作中的问题、困难。这种想法，与父辈们在物资匮乏的生活中传下的生活习惯有关，也与他的亲身经历有关。

参加工作以来，谭文波视每台和他打过交道的机器设备为战友，与每一种大大小小的机器零部件建立了密切的联系，因为在研发资金十分紧张的情况下，这些零件派上了大用场。他知道他的一切成就都与这些充满灵性的零件有关。

1996 年 7 月彩南油田开发，彩 31 井发生井喷，是方罐保全了谭文波的性命；平时，方罐还是谭文波休息吃饭、遮风挡雨的地方。一看见方罐，谭文波的心头就充满了感恩之情。

2000年购置的电缆测井车，废弃了就停放在厂里。每次谭文波经过那里，耳边就会响起它工作时的声音。他说：“它是有感情的，虽然退役了，但到今天，我仍然能听到它的心跳声，那是独属于它的声音。”退役了的机器公司要统一安置，但是谭文波会把机器牌照留下来，放在他的工作室里陈列着做纪念。

谭文波工作室的墙上还挂着一件木工工具——手工钻。这是他的父亲留下来的。谭文波的父亲虽然是一位石油人，但也是一位木匠，靠手艺为家中赚了不少零用钱。谭文波把它一直挂在显眼的地方，不仅是对父亲的追思，更是时刻提醒自己对“工于行、匠于心”的追求。

那些小的零件也有很多很多的故事，谭文波讲述起来也十分开心。这个小电机是谁家拆洗衣机时送来的，那个工具是别的队扔在废品箱中他捡来的，而这一小堆元器件则是他用极低的价格从收破烂的人手中买来的……

以前，谭文波喜欢收藏一些树根之类的工艺品，现在则全心专注于收藏别人丢弃的器件。时间长了大家知道他喜欢，有了这些东西就会主动地送过来。每当他看到这些小东西，眼睛一定会发亮，像得到了宝贝一样开心。日积月累，他的工作室和家中摆满了各种品种齐全的破烂，

“破烂王”的称号由此而来。

正是因为谭文波捡来的各种“破烂”，很多设备有了修旧利废的替代零件，为公司节约大量成本。2011年8月，他利用捡拾来的材料及零件发明了连续油管液压助排器，大大提高了生产效率；2014年，“电缆通井规新增打捞功能”的发明，为公司现场施工作业保证成功率100%提供可能。此外，他先后发明的电动投灰装置、螺杆钻反扭矩

谭文波工作室一楼工厂

背钳、油水井试产防溅装置、回油复位单向阀装置、便携式油水界面测量仪等一系列工具，无不有他捡拾来的废旧机器零件的影子。这个时候，大家不再喊他“破烂王”，而是把他当成真正的“魔术师”。

谭文波将各种废旧物品收集起来进行“器官移植”、二次创造，赋予它们新的生命，磨制出一个又一个专利和科研成果。从“破烂王”到“魔术师”之间，却是一个大国工匠所走过的一条艰辛而辉煌的创造之路。

“小魔术”解决大难题

谭文波从普通操作工到技能大师，始终遵循“精于工、匠于心、品于行”的工匠理念，诠释新时代工匠精神。

2016 年 5 月，试油公司一辆五十铃电缆测井车底盘分动箱与主车传动轴螺丝断入孔内，谭文波巧妙地利用“电化学法”取工具断头，及时将其修复，为生产节约了时间和成本。用“小魔术”解决大难题，这个故事在新疆广为传颂。

“叮叮当当……”那是 2016 年 4 月 21 日清早，天色还没有亮透，谭文波就被一阵金属的敲打声吵醒。谭文波头一天晚上连续工作至次日凌晨4点才在工作室中休息，刚睡下没两个小时，醒了一会儿还没有缓过神来。

谭文波坐起身来，披上外套出了门。循着声音，他一直走进了公司特作一队的厂房，谭文波便看见该队电桥班班长刘小军正一边用榔头敲打着电动桥塞上的工件，一边发牢骚：“这丝锥也太不结实了……”

谭文波在工作室钻研

谭文波上前一问才知道，刘小军在前一天施工时，发现电动桥塞的内扣损坏了，便用丝锥进行修复。谁知一不小心，将丝锥折断在了工件里面，他用了很多办法都取不出来。“要是这个断丝锥取不出来，这个工件就报废了，真是太可惜了！”刘小军看着手里的工具垂头丧气地说。

在工具维护保养时，折断丝锥和取断头螺丝是常事，由于断在孔里的丝锥硬度高、卡得紧，特别是直径偏小的丝锥和断头螺丝，用机械的方法很难取出。谭文波拿起报废的工件看了看，默不作声地走开了。

正当刘小军准备将报废的工件扔进报废区时，从工作室走出来的谭文波抱着一堆工具拦住了他：“等等，小军，把你刚才摆弄的那个工件拿过来。”

刘小军回过头，才看清楚谭文波手里抱着一堆他平时积攒的“破烂”——一个鱼缸里用过的水泵、一个铜质的篮球气嘴、一节输液软管，还有一个直流电源。看着这些风马牛不相及的工具，刘小军一头雾水地问：“你这是要干什么啊？”谭文波却卖了个关子，说：“等一下你就明白了。”

只见谭文波将那个被丝锥卡住的工件在老虎钳上夹好，然后，他将输液管与水泵连好，又将铜质的篮球气嘴插进输液管的前端。接着，他把直流电的正极端夹在工件上，负极端夹在铜质的篮球气嘴上，打开电源，将工作电压调至36伏安全电压，只听“噗”的一声，篮球气嘴喷出的水柱猛地冲刷在了断丝锥上。

见此情形，刘小军更是疑惑：“你在开玩笑吧，我用榔头敲、用台钻钻都取不出来，你用水能把它冲出来吗？”谭文波没有作答，只是专心致志地盯着被水柱冲刷的工

谭文波在野外捡到一个废弃钻井零件

件……随着时间一点点流逝，大约 20 分钟后，断在工件里的丝锥不见了踪影。

刘小军拿着工件左看右看，惊讶极了：“谭文波，你在变魔术吗？那个丝锥怎么不见了？”

谭文波笑了起来，给刘小军讲起了个中缘由。在他的仔细讲解下，刘小军恍然大悟：“原来你是制作了一个简易的电解发生装置，利用电解的原理将断在工件里的丝锥熔掉了。”

“对啊，只要细心观察就会发现，只需一个简单的方法就能解决一些看上去比较复杂的难题。”谭文波笑着说，“这样一来，购买工件的钱不就省下来了吗？”

2016 年 6 月，工具泵座接头上的液压油回油复位阀螺孔，在保养维护时发生丝锥断裂，他再次利用该创新方法成功地解决了难题，避免了工具核心元件的损失，保证了生产顺利进行。

说起自己捡回的破烂物件一次次再利用，谭文波开心地笑了。

第十三章 石油行业一次重大技术革新

谭文波扎根一线30多年，坚守戈壁初心不改，坚持开展技术革新、技术攻关，发表技术论文24篇，完成小改小革80余项，创新成果50余项，获国家发明专利8项、实用新型专利11项。他牵头研发的新型桥塞坐封工具被业内专家鉴定为“世界首创”，首次实现了以电能为动力取代火工品的作业方式，是石油行业一次重大技术革新。新型桥塞坐封工具累计投入使用4000多井次，创造产值收入超过2亿元。

冒着被炸死的危险　研制电动液压桥塞坐封装置

以传统火工品作为动力源的桥塞坐封方式，在使用时存在安全隐患，这是多年来行业面临的难题。

试油作业地层封闭采用以火药驱动的桥塞坐封方式，火药是民爆火工品，属危险品，在运输、储存、使用等环节，都存在着安全隐患，会造成严重危险。随着国家对火工品的管控越来越严格，在钻井的桥塞停止使用传统火工品作为动力源，已是大势所趋。火药不能用了，那桥塞坐封方式不改革也不行了，要不怎么钻井作业呢？研发一种能够彻底摆脱传统火工品作为动力源的新型桥塞坐封工具迫在眉睫。

为降低生产安全风险、节约作业成本，谭文波带领工作室成员开始着手研究替代火工品的动力。

如何在一个拳头大的油管直径中，设计一个瞬间产生30吨动力的结构，成了谭文波日思夜想的事情。功夫不负有心人，2013年初，谭文波在机电市场正专注看着千斤顶工作，“能量放大原理……活塞面积与压强的关系……”脑海里突发灵感，他急速回工作室，细思许多的问题在那一天一一解锁。工作室的灯光在戈壁基地漆黑一片的夜晚温暖如橘，柔和地照在活塞联动工作图纸上，格外的清晰明亮。次日清晨，工作室迎来了第一道朝霞，一上班他就拿着图纸加工，试验套管桥塞。初步测试验证了采用多级结构放大活塞做功面积，可以产生几何级的拉力，突破了有限空间动力源制约的瓶颈，实现电能至坐封拉力的转换。接下来就是夜以继日地查资料、拆解、请教、再拆解……反复琢磨，为验证液压技术的可行性，谭文波他们手工设计出了一台实验设备。

谭文波和徒弟一起做的第一次实验失败了，当时只做

谭文波（右一）邀请青年技术人员共同参与工具研发

了30兆帕的实验，在工作室一楼产生小当量爆炸，工具向上飞，从一楼向上冲过二楼水泥地，击破楼顶而出，在一二楼之间的水泥地板穿出130毫米的洞，从一楼往二楼看，直接看到了天空。好在没有出现伤亡。

一些人的风凉话随之而来“没有金刚钻，别揽瓷器活儿”“一个技校生，硬装科学家”。重压之下，谭文波不服输的那股劲又冒上来了，找到领导立下军令状：15天内解决问题。

2013年3月的一天，挑了个周末，这样实验场地周围都没有人。

谭文波又经历了一次生死考验，液压动力代替传统火药桥塞坐封实验。对于这次实验的危险性，他一清二楚——设备的密封一旦出现纰漏，随着压力的增加，便会发生泄漏，一旦发生闪爆，产生的冲击波相当于半个火车皮砸在人的身上，液压设备在高强度压力下，像子弹一样瞬间能击穿钢板，后果不堪设想……

人体最多只能承受0.01兆帕的压强，而谭文波的实验，需要近距离面对上百兆帕的压力！这相当于面对50颗手榴弹爆炸的危险，那不是炸死一个人的问题，甚至是要炸塌一栋楼，在地上炸出一个大洞。

实验前，谭文波也做了多方面准备，给好友唐建军、张晓亮通电话，让他们每隔半小时给自己打一次电话，如果没接，可能就是出事了，那样他们就赶快到厂房，把爆炸现场收拾干净，自己支离破碎的遗体不要让家属看见，免得难受！

实验地点还是在谭文波工作室的一楼厂房，谭文波没有穿防爆服，啥防爆措施都没有。实验前，他找来门卫杨师傅，在手机拨号界面上输入“120”，郑重地交代道：“杨叔，我做拉力实验，怕一会儿有大爆炸，你就站在这个隔离墙的后面，看着我。如果我启动电流，让工具运转的时候产生爆炸，你过来看看，若我受伤还活着，那你赶紧摁一下120就行了，让救护车来拉我；要是我炸死了，你120也不用按了！”

杨师傅担心地直摇头：“这个人，疯了！”

一切安排妥当后，谭文波屏住呼吸启动了装置，压力一点点增加，时间凝固了，血液凝固了，整个世界也仿佛凝固了！

谭文波屏气凝神盯住压力表。

压力达到50兆帕，密封装置没有爆炸；谭文波目光如炬。

谭文波在调试井下工具

压力达到 70 兆帕，密封装置没有爆炸；谭文波仿佛呼吸停止了。

压力达到 100 兆帕，密封装置没有爆炸；谭文波的心都快跳出了嗓子眼儿。

当压力表指针指向 120 兆帕时，装置安然无恙，没爆炸！成功了！

谭文波本能地赶紧收集数据，立即将拉断力、切割力等数据，一一记录到笔记本上。握笔的手是颤抖的，他的鼻子也止不住地发酸。

谭文波仿佛从鬼门关走回来，过了一会儿才恢复心智，他大声喊："杨叔，不用打电话，没爆炸，我活着呢。"

当杨师傅把手机还给谭文波的时候，他情不自禁和杨师傅抱在一起，跳啊！笑啊！笑着笑着，禁不住眼泪流出来了……2013 年 6 月 1 日，动力设备第一次上井，获得成功，生产效率大幅提高。第一代桥塞坐封工具正式诞生！谭文波说，看到自己设计的工具，在完成井下作业任务，从地层深处安全提到井口的时候，那种欣喜是多少钱都换不来的。

"就像电动车代替了燃油车，这是历史性的变革。它彻底消除了火药在采购、运输、使用和储存管理过程中的安全风险，不但社会效益显著，还有力地提升了在国内地层封闭技术的核心竞争力。"当时有媒体这样报道。世界首创的电动液压地层封闭技术获得成功，谭文波为世界石油技术实现了一次重大革新。

2014 年 5 月，该项目成功通过新疆维吾尔自治区科技成果鉴定，受到鉴定委员会专家一致好评，在世界范围内首创实现了以电能为动力取代火工品的作业方式，是石油行业中地层封闭工艺的一次重大技术革新，为社会进一步减少民爆物品的安全隐患提供了方向。

电动液压地层封闭技术，不仅提升了试油公司在国内地层封闭技术上的核心竞争力，而且该技术具有独立的自主知识产权。

当年，这项新技术正式在国内油田广泛推广应用，不仅实现了井下坐封桥塞封闭地层的目的，而且操作人员无须进行特种作业上岗培训，只需通过观察和操控控制装置即可，降低了生产成本和操作人员的劳动强度，还提高了施工的安全性和成功率，创造经济效益过亿元。同时，消除了火药在采购运输和使用储存管理过程中的安全风险，社会效益十分显著。

对此，谭文波自己写下这些话：“2012—2015 年我临危受命研发新型桥塞坐封工具，要在新疆，乃至全国，安全可控地替代雷管、火药等危险品。历时 3 年，研发过程的艰辛难以想象，其中的煎熬常人无法体会：为了实验我熬灯守夜 5 天 5 夜不休息，儿子高考我无法顾及；母亲癌症晚期，生命以小时、以分、以秒计算，我无法顾及，没尽最后孝道，背负不孝骂名！这都是为了啥？是为了祖国的工业血液长流，为了祖国的舰船四方巡游，为了祖国机车顺利行走，为了建设美丽新疆助力，这是我们石油人不懈的责任。为了彻底消除雷管、火药在采购、运输、存储和使用等过程中的安全风险，让祖国放心，让党中央放心，让新疆党委放心，让新疆各族人民放心。为了新疆的长治久安，捍卫我们新疆的稳健发展，我们一线工人责无旁贷，这是我们一线工人‘踏平坎坷成大道，斗罢艰险再

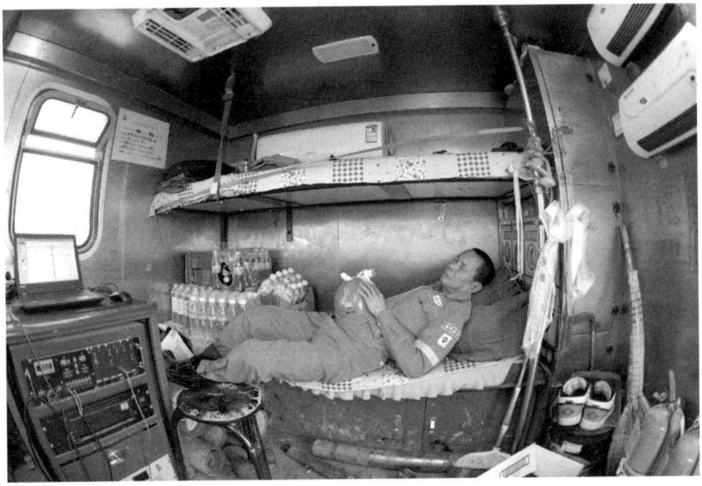

谭文波在克拉玛依野外作业测试车上休息

出发’的壮志决心！”

电缆桥塞技术是油田常用的一种地层封闭方式，具有施工快捷、可靠、封位准确等特点，在国内外已得到广泛应用。传统的电缆桥塞坐封是依靠工具内部的火药燃烧产生高温高压气体来完成，因火药在采购、运输、使用和储存等方面存在诸多安全隐患，管理和使用成本偏高。

新型电缆桥塞坐封工具，通过中国石油集团成果鉴定，被誉为“世界首创”。电缆电动液压桥塞坐封工具，获得技术发明二等奖，列入自主创新重要产品目录。获国家发明专利4项。在新疆推广应用4000余井次，成功率99.5%，获得了广泛好评。该技术达到了国际领先水平，并有效保障了油田生产安全高效。

自古男儿忠孝难两全

取得世界首创“电动液压桥塞坐封装置”的巨大成功很久之后，在谭文波的一次演讲材料中，人们才知道他为了实验的成功，付出了很多。

以下是谭文波的自述：

2015年7月，是我生命历程中最艰难的一个月。

一边是“电动液压桥塞坐封装置”有危险的实验不搞不行；一边是儿子要高考了，需要复习和陪伴，可是，还有更想不到的。

那些日子，公司井下作业技能大赛如火如荼，就在新型桥塞工具研发实验进入关键期的时候，有一天深夜，家里一个电话突然打到工地，传来我母亲癌症晚期的不幸消息。

人命关天，我交代好工作，立即赶回重庆，病床前，当我见到母亲的那一刻，我陷入深深的愧疚：自己除了工作，还干了啥？儿子不孝啊……此刻，我除了亏欠的泪水，不知道还能说什么……

公司领导也很关心我母亲的病情，打来电话问候，嘱咐我安心陪护母亲最后时光，工作上的事就不要再想了。可我心里清楚，改进新型坐封工具系统的流程，我最熟悉，我若不在现场，这个实验很有可能就会泡汤。一头是推托不开的工作，一头是病危的母亲，自古忠孝难两全，一番抉择之后，我带着忏悔的心作出决定：我得回去。不是我不孝，是我无路可退。我和医生商量，能不能通过药物尽量延长母亲的生命，撑到我完成工作归来的那一天，医生却遗憾地摇了摇头。我含着眼泪向母亲做最后的告别，心如同被撕裂般，踏上了返回油田的路程。

赶回单位后，面对同事们的焦急和厂房里杂乱的设备，我越发感到肩负的责任和期望。在和同事们熬过一个又一个通宵之后，新型工具的改进终于顺利完成了！第二天如释重负的我，又赶回到山城，来到母亲床边，陪伴老母亲走完最后的那段时光。

有人一直在问我，工匠制造出来的产品，一定是独一无二的吗？一定是奢华卓越的吗？不，都不是，但只要有锲而不舍的工匠精神，有一颗报效祖国的大爱之心，我认为就足够了。

在“新型电动桥塞坐封工具”研发成功时，有几家民营企业找到我，出价高达200万元希望购买，甚至上海有一家公司直接对我讲，你孩子出国留学的钱我们已经给你准备好了。我都客气地谢绝了。事后，很多人都说我好傻，是个哈儿缺心眼。而我心里明白，我是一个党员，伸手拿了这些昧心的钱，怎么对得起我的团队、领导和同志们？作为一名石油工人，我能为企业创造价值，把手里的活做细、做精、做好就满足了，钱对我这个普通人来说固然

谭文波在试油操作

很重要，但它不是我的全部。每次看到我的发明创新在生产中得到应用，那种喜悦，是多少钱都换不来的！人生短暂，我能干成几件自己喜欢且有意义的事，我就非常满足了！

第十四章 『能源的饭碗必须端在自己手里』

春晖映巍巍天山，霞光照莽莽昆仑。

2022 年 7 月 15 日，习近平总书记来到新疆考察调研，看望慰问各族干部群众。

谭文波身穿“石油红”工装，站在等待合影的劳模队伍里。谭文波对习近平总书记会见新疆各族各界代表这一细节记忆深刻。

“我穿着红色的工作服，胸口标牌贴着‘中国石油’和我的名字。总书记向我们走来的时候指着我说‘石油能源’。总书记一直牵挂着我们石油能源。身为一名石油人，我感到无比光荣和自豪。”回到克拉玛依的谭文波，一遍又一遍观看总书记在新疆考察时的新闻报道，字斟句酌感受体悟总书记对石油行业的殷切要求。谭文波坦言，能见到总书记，这是一辈子都难忘的事！能和总书记同框合影，感觉特别幸福。

谭文波的父亲是一名抗美援朝老兵，转业后成为共和国的第一代石油人。1992 年，谭文波技校毕业后，在父亲的影响和鼓励下，来到了新疆克拉玛依油田，成为一名试油工。

作为一名基层职工，30 多年来谭文波始终行走在努力拼搏、奋发创新的路上，先后获得国家发明专利 5 项，实用新型专利 8 项，小改小革和创新成果 80 多项，创收超亿元，由他发明的具有自主知识产权的新型桥塞坐封工具是世界首创。参加工作 30 多年，谭文波成长为中石油革新发明能手，获全国劳动模范、全国最美职工、“大国工匠年度人物”等荣誉称号和全国五一劳动奖章。

谭文波认真学习习近平总书记的重要讲话，他说：“总书记心系新疆稳定发展、情系新疆各族人民，总书记在考察时的重要讲话，饱含着对新疆的关心关怀，是对新疆各族人民做好自身工作、努力建设美好新疆极大的鼓舞和激励。总书记说过，石油能源建设对我们国家意义重大，中国作为制造业大国，要发展实体经济，能源的饭碗必须端在自己手里。”谭文波说，身为一名石油工人，我将时刻牢记习近平总书记的嘱托，始终以“发现更多的油气田”为使命，积极践行石油精神，传承创新，躬身入局，用实际行动诠释工匠精神，死磕技术难题，雕琢技术利器，做出更多更好的项目应用到生产一线，为祖国加油，为建设美丽新疆贡献力量。

作为抗美援朝老兵的后代，作为石油工人的后代，谭文波对祖国、对党有着深深的爱。在多次媒体采访报道中，他都情不自禁地说出中国石油工人的赤子心声。

家是最小国，国是千万家。从“头戴铝盔走天涯，改造世界雄心大”，到“我为石油献青春，献完青春献子孙”，斗转星移，石油工人用劳动写就祖国工业化的史诗，用赤子之心熔铸国之脊梁。

谭文波说：“习近平总书记说过，幸福是奋斗出来的，对我来说，奋斗的过程本身就享受着幸福。像总书记说的，把爱家和爱国统一起来，把实现个人梦、家庭梦融入国家梦、民族梦之中！”

党的十九大以来，“工匠精神”“技能人才”被反复提及，党的十九大报告中提出“建设知识型、技能型、创新型劳动者大军，弘扬劳模精神和工匠精神，营造劳动光荣的社会风尚和精益求精的敬业风气”。谭文波作为优秀产业工人代表，被赋予了一个“新名字”——“大国工匠”。

当被问到对“工匠精神”的理解时，谭文波说：“我总结起来就是9个字：精于工，匠于心，品于行。这就是说要对自己的技艺、自己的产品精益求精，跟自己死磕。”对于“大国工匠”这一荣誉称号，他在采访中坦言：“其实是很有压力的，因为不能辜负这一评价。”

殷殷嘱托，催人疾行。

2021年10月21日，习近平总书记来到胜利油田，登上钻井平台，察看作业情况，看望慰问石油工人。

几天后，谭文波看到《习近平：能源的饭碗必须端在自己手里》这篇新闻报道，把总书记的话牢牢记在心中。

谭文波说：“我将继续发扬石油精神、劳模精神和工匠精神，立足岗位，扎实苦练技能、钻研技术，面向石油行业需求，在重大攻关项目中担当作为，奋力突破关键核心技术，为石油能源事业贡献力量！”

依靠发明创新，锁定气海油龙。“油田诸葛亮”谭文波是使用、维修、创新各种石油勘探井下作业工具的一线工人。谭文波身上的工匠精神，就是“钻头精神”：钻就是持之以恒，精益求精；探就是大胆创新，敢于突破。做人面对困难，要像钻头一样，像铁钻钢钻金刚钻，逢山开路，遇水搭桥。钻泥土、钻戈壁、钻岩石、钻泥浆、钻煤炭、钻地幔。在平凡中一寸寸无言前行，永不言败，即使浑身滚烫、伤痕累累，于无声处，也向着目标冲锋。

2020 年 9 月，新疆试油职工在工地合影

2024 年 8 月，谭文波在工作室留影

头戴铝盔战高温，茫茫戈壁立井架。无数个谭文波在前行，百万石油人牢记总书记嘱托，坚定不移听党话，矢志不渝跟党走，踔厉奋发、笃行实干，在能源保供、科技创新、绿色低碳等各个领域践行着“我为祖国献能源”的誓言。为中国石油的高质量发展注入强大动力，中国道路上的“石油脚步”必将更加从容铿锵。

雪山皑皑，沙海茫茫，石油钻探人，走向沙漠、走向戈壁。

能源是工业的粮食、国民经济的命脉，能源安全事关经济社会发展全局。为进一步推动能源资源潜力释放，新疆正蹄疾步稳围绕“探”和“采”两个关键聚焦发力，推动石油天然气增储上产，持续提升新疆现代能源经济对保障国家能源安全、推动经济高质量发展的支撑力和贡献力。

谭文波和西部钻探公司的同事们工作，就是“探”的关键聚焦点。

时间的如椽巨笔，绘就现代化建设的崭新篇章；追赶的嘹亮号角，鼓舞钻探人永不停歇的坚定步伐。

第十五章 大国工匠的光荣与梦想

2018年4月22日，谭文波接到全国总工会通知，飞抵北京，住在中国职工之家。到这时他还以为就来开个会，因为他的申报材料都是西部钻探公司工会的同事，事先默默为他申请准备的。

4月23日，谭文波走进最美职工网络直播间，参加访谈直播。将石油人、西部钻探人不忘找油找气的初心，牢记“我为祖国献石油”的使命，艰苦奋斗、奋勇拼搏的良好精神风貌，向媒体朋友和网络观众作了介绍和分享。

4 月 25 日，谭文波参加了由中央宣传部、全国总工会在中国文明网举办的 2018 年“最美职工”发布仪式。这届最美职工一共有 10 名个人，1 个集体。

4 月 28 日上午，谭文波在北京人民大会堂参加了庆祝“五一”国际劳动节暨“当好主人翁、建功新时代”劳动和技能竞赛推进大会。

4 月 29 日上午 7 时 45 分，中央电视台新闻频道朝闻天下栏目播出时长达 7 分钟的“大国工匠·创造力”专题片《谭文波：油田里的“发明家”》。

5 月 1 日，谭文波走进中央电视台，参加央视新闻移动网举办的“大国工匠·创造力”，与大国工匠面对面现场直播节目，解答了各位主持人的提问，向大家介绍了石油人、西部钻探人的工作生活，展示石油人不仅是艰苦奋斗、任劳任怨的老黄牛形象，在新时代，更是一种终身学习、善于创新奋斗的新形象。

在北京的一系列活动，使谭文波深感自豪，同时也深受鼓舞。他暗下决心，需要加倍努力，加倍奋斗！

自 2016 年开始，中国石油天然气集团公司持续深入推进“石油名匠”培育计划、创新创效能力提升计划和操作员工技能晋级计划，不断健全完善技能人才管理体制，创

2019年3月1日，谭文波参加2018年『大国工匠年度人物』颁奖典礼留影

新技能人才选拔、培养、评价和使用机制，技能人才队伍综合素质和技能水平得到大幅提升。

2018 年 11 月 27 日，中国石油集团在新疆克拉玛依举办的“技能西部行”暨技能人才队伍建设成果总结表彰活动，谭文波在受到表彰的同时，也成了中国石油“石油名匠”培训计划中的一员，获得了“石油名匠”证书。

成为中国石油的石油名匠，谭文波的研发历程进入了新的阶段，面对的课题更难了，接受的任务更重了，背负的希望更多了。喜欢压力与挑战的谭文波奔忙在准噶尔盆地的戈壁沙滩上，他下定决心用新的成就回报企业的厚爱。

由全国总工会、中央广播电视总台联合举办的 2018 年“大国工匠年度人物”发布活动自启动以来，各级工会层层组织推荐选拔，职工群众广泛参与。组委会办公室经过认真审核材料、广泛征求意见、反复对比遴选，从推荐人选中初选出 50 位“大国工匠年度人物”候选人。由 30 位相关领域知名专家、著名劳模代表、资深媒体人士组成的专家评委会，经过严格评审，最终评选出 10 位“大国工匠年度人物”。

他们来自国防军工、电子科技、石油钻探、文物修复等多个行业，每一位当选的“大国工匠年度人物”都是所在行业的顶尖技术技能人才，都在普通岗位上做出了不平凡的贡献，都是工匠精神的杰出传承者。

谭文波的颁奖词是：听诊大地弹指可定；相隔厚土锁缚“气海油龙”。宝藏在黑暗中沉睡，他以无声的温柔唤醒。他用黑色的眼睛，闪亮试油的“中国路径”，他就是中国石油集团西部钻探工程有限公司试油公司试油工——谭文波。

谭文波坚守大漠戈壁 20 多年，是油田里的“土发明家”。他领衔发明的具有自主知识产权的新型桥塞坐封工具，投入使用上千井次。他解决一线生产疑难问题 30 多项，技术转化革新成果 4 项，获得国家发明专利 4 项，实用新型专利 8 项。他还培养出一大批青年技术骨干，为企业创收近亿元。

由全国总工会和中央广播电视总台联合录制的 2018 年“大国工匠年度人物”颁奖典礼，于 2019 年 3 月 1 日晚 8 点档在央视综合频道首播。来自中国石油西部钻探的谭文波，作为全国石油石化行业唯一获此殊荣的代表，与另外 9 位来自国防军工、航天科技、文物修复等领域的精英一起登上领奖台。

谭文波与『大国工匠年度人物』奖杯

2019 年 6 月 28 日，在国资委党委召开的庆祝中国共产党成立 98 周年暨中央企业“两优一先”表彰大会上，共授予 204 名同志“中央企业优秀共产党员”称号、134 名同志“中央企业优秀党务工作者”称号、169 个基层党组织“中央企业先进基层党组织”称号。谭文波作为中央企业优秀共产党员代表参加颁奖仪式。

谭文波回忆起自己在2004年11月24日加入中国共产党时说的话：“人必须去为信仰而坚持。后来的路，也因信仰而坚持，做好自己，做好一名党员，这个世界，我光荣地来过。”

2019年10月1日上午，大国工匠谭文波应邀参加了国庆观礼活动，并于当天下午参加了联欢活动。这是西部钻探公司成立以来首次有员工受邀参加国庆活动。

此次进京参加国庆活动，谭文波担任了新疆劳模代表团的团长，圆满完成了一行7人的组织工作。

这次国庆观礼，给谭文波带来深深的震撼和感动，他几次情不自禁眼含热泪，回到新疆后，他用日记记录下了自己当时的心路历程：

2019年10月1日，凌晨4点半左右，这是我第一次受邀参加国庆盛典。因为太兴奋，就起床了。

就餐，5点半上车从职工之家出发，前往天安门观礼台，过安检、排队，7点左右，抵达天安门西侧观礼台。

由全国总工会推荐参加庆祝中华人民共和国成

立 70 周年大会、阅兵式、群众游行和联欢活动的全国劳动模范和先进工作者、全国五一劳动奖章获得者、大国工匠，共有 191 人。

在祖国首都，见证这一伟大的时刻，是光荣而又神圣的事情。听着国歌，望着五星红旗冉冉升起，看到我们祖国的军队走过、飞机飞过天安门广

2019 年 9 月 30 日，谭文波出席庆祝中华人民共和国成立 70 周年系列活动时在天安门广场留影

场，感到中国的力量，祖国的伟大，在这满怀喜悦和激情的时刻，回想我们祖国走过的崛起之路，思绪万千：70 年前的今天，毛主席在这里向世界庄严宣告了中华人民共和国的成立。70 年来祖国彻底改变了 100 多年中国积贫积弱、受人欺凌的悲惨命运，走上复兴之路。今天，站在这感受到祖国屹立在世界东方，听到习近平总书记讲道：“没有任何力量能够撼动我们伟大祖国的地位，没有任何力量能够阻挡中国人民和中华民族的前进步伐。”怀着无比喜悦的心情，怀着对革命先辈和烈士们的深切的怀念，我多次流下激动的泪水！

伟大的中华人民共和国万岁！伟大的中国共产党万岁！伟大的中国人民万岁！

为我们伟大的祖国感到自豪，为我的祖国衷心祝福。不忘初心、牢记使命，坚信祖国未来，复兴之路一定行！

同时我也暗下决心在今后的工作生活中，在自己的岗位上建功立业，我要竭尽全力为国家和人民奉献智慧和汗水，为祖国的美好未来贡献自己的力量。

2019 年 10 月 1 日晚上 8 点 30 分，联欢活动开始。我的眼睛都不够用啊。

火树银花尽情绽放；10 余万人庆祝盛世中华的联欢活动，今夜的北京，欢声笑语，烟火璀璨；庆祝中华人民共和国成立 70 周年联欢活动在天安门广场举行，人们载歌载舞，尽情联欢，70 年砥砺奋进，

2023 年 5 月，谭文波参加第十六届高技能人才表彰大会，荣获中华技能大奖

70 年沧桑巨变，多少喜乐凝结在此刻，天上的烟花
与精彩的表演呼应，形成地空一体的绚丽场景。

没有明星但联欢人群个个是明星，主题表演《红
旗颂》；全场高唱《歌唱祖国》，全场高喊“祖国
万岁”；还有音乐烟花《歌唱祖国》等。我生活在
这样伟大的祖国，我骄傲！我自豪！我幸福！我的
心情无比激动，忍不住地要流眼泪，我从小想当空
军，驾驶战鹰飞过天安门，接受祖国和人民的检阅，
可是报名体检时，年龄大了十几天，没体检上；但
今天我的梦想实现了，穿上我的“石油红”，带着
克拉玛依人的热爱，带着西部钻探人的豪情，我来
到天安门，站在金水桥畔，我想喊，我想唱，为我
们祖国的强大自豪！我一定要把我的光热无私地献
给我亲爱的祖国！为伟大祖国贡献石油人滚烫滚烫
的不竭力量！

2020 年 11 月 24 日上午，全国劳动模范和先进工作者表彰大会在北京人民大会堂隆重举行。

谭文波走进人民大会堂，荣获“全国劳动模范”称号。“全国劳模的奖章沉甸甸的，我拿在手里掂量了一下，第

一个感受就是想快点回到油田上，去劳动，去创造。”

参加完全国劳动模范的表彰活动后，谭文波在朋友圈里分享了感受：“用劳动精神照亮这个时代的重要性，我要向铁人学习，在这条路上不懈努力。”

铁人就是工匠，工匠就是铁人。新时代铁人永向前，就要低头追寻铁人足迹。重温铁人王进喜的创业之路。“石

2020 年 11 月 24 日，全国劳动模范和先进工作者表彰大会在北京人民大会堂举行，谭文波参加大会并接受表彰

油工人一声吼，地球也要抖三抖。”铭记铁人带领队伍人拉肩扛卸钻机，凿冰端水保开钻，带着腿伤拌泥浆的故事，倾其所能探石油。

铁人永向前，搞钻探。搬吊卡、打吊钳，冲出玉门关，浩浩荡荡掀起了吐哈石油会战。火焰山下40℃以上高温的炙烤，背晒出了一片片“盐碱花”，外露的皮肤一层一层反复褪去。数十支钻井队彩旗猎猎，近百台钻井设备高耸挺立，上千名钻井人挥汗如雨。

铁人永向前，就要抬头看齐标杆旗帜，向铁人钻井队看齐，把当标杆、树旗帜作为毕生追求，一刻不停地向上攀登。勘探、勘探、加快勘探。冻了，烤烤火、暖暖身子；困了，背靠背、稍作休息，起来再探。

铁人永向前，就要带头弘扬石油精神。“宁肯少活二十年，拼命也要拿下大油田”，裹着大棉袄、戴着大棉帽，站在钻台上，迎着五六级的大风，打破了钻探的“紧箍咒”、啃下了施工的“硬骨头”，安全生产指标、钻井进尺任务步步高。永向前，就要领头搞钻研。“土专家”谭文波敢于“穷捣鼓洋设备”“小诸葛解决大问题”，小改小革过“紧日子”，“捡破烂”过“穷日子”，“战严冬、转观念、勇担当、上台阶”征战天山南北、青海高原、川渝盆地，打赢提质增效攻坚战和效益实现保卫战。

无数新时代铁人，一代又一代石油人牢记“我为祖国献石油”的初心使命，“为祖国找油为民族争气”，在保障国家能源安全的伟大事业中奉献力量。

无数石油儿女，以谭文波为代表的铁人基因传承者，在大漠上，在戈壁上，在钻塔上，啃下“硬骨头”，蘸着黑油上流出的石油，写下他们心中的“克拉玛依赋”。

后　记

清末文献将黑油山称为青石峡。《新疆图志》记载："青石峡之黑油山……现有九泉，以山顶一泉为最大，油旺时每日可取二百数十斤。"

黑色的油，维吾尔语叫作"克拉玛依"。

克拉玛依城，城外是千年的黑油山，城内是最大的沙漠人工河克拉玛依河。

克拉玛依被称作油城，油城的人们在油城文化、油城精神中成长。

克拉玛依是一座年轻的石油城，这座城市中生活着无数拥有匠心的石油工人。城市文化、石油文化、工匠文化在这里交融一起、浇筑为城。

那些仰天大笑出城去，大漠深处钻探的是石油人；那些在实验室科研创新石油设备的是石油工人；那些大口吃缸子肉、大口喝烈酒的是石油工人；那些在人工树林里散步呢喃的情侣，也是石油工人；那些夕阳剪影中，喊娃娃们回家吃饭的是石油工人的婆姨。他们像红柳一样扎根边疆。

大国工匠谭文波，是克拉玛依石油工人的一个符号，是克拉玛依石油城的一个符号。

2024年夏，我接到去新疆写作、拍摄大国工匠谭文波任务后，心起波澜。诚惶诚恐，如履薄冰。

来到热土新疆，来到富饶硬朗的克拉玛依，一座人均GDP位居全国所有城市第一的城市，一座戈壁滩上引河入城的绿洲城，一座石油男儿献完青春献子孙的男人城。

新疆是个出爱国者的地方。六旬男儿左宗棠抬棺披挂出征，收复近六分之一国土，留下无数后人的赞叹和左公柳千千万。

新疆是个出铁军的地方。兵团战士，从硝烟弥漫、炮火纷飞的抗美援朝战场，开到祖国大西北，天当被，地当床，一手扶犁，一手钢枪，建设保卫祖国西疆。

新疆是新中国出铁人的地方。从玉门油田走出无数中国石油铁人，他们把青春和汗水挥洒在黑油山、白碱滩、魔鬼城、克拉玛依……

1955年10月29日，黑油山1号井喷出工业油气流，新中国第一个大油田宣告诞生！新疆石油人用鲜血、智慧、汗水，转战天山南北、鏖战沙漠戈壁“找油找气”，创造了产业报国的光辉历史。克拉玛依油田因此被称为“共和国石油长子”。

1956年10月1日的国庆典礼上，当一辆标有“1956年发现的大油田——克拉玛依”字样的巨大彩车缓缓驶过天安门广场时，毛泽东等党和国家领导人频频挥手，游行的人群注目欢呼。

中国石油集团西部钻探工程有限公司，所属队伍起源于玉门油矿和独山子油矿，由原玉门、克拉玛依、青海、吐哈等区域钻探队伍，历经80余载融合发展而成，是西部各油田的共同创业者和建设者，传承铁人基因，始终把为中国找油找气、保障国家能源安全作为钻探价值和使命，涌现出一批以大国工匠谭文波为代表的先进模范，为油气事业发展作出了突出贡献。

为了更好采访写好谭文波，我两次进疆，累计半月时间，走近谭文波和他的石油工友，心情一直在激动中，在祖国边陲，他们不仅扎根在这里，劳动在这里，奉献在这里，而且智慧劳动在这里，科研创新在这里。

谭文波是新时代的石油钻探铁人，安下心、扎下根、不出油、不死心，斗霜傲雪，风餐旷野，甘做沙漠一胡杨。

谭文波是个有强烈爱国心的人，踏荒原，走大漠，在生活中，他也大量收集购买红色文物，并把个别藏品捐赠给延安博物馆等。

谭文波是被唤作“谭大胆”的男人，土专家修洋设备，文凭不高技术高，艺高人胆大，为研制新型桥塞坐封工具，不怕爆炸，敢到阎罗殿里走一遭。

谭文波是个不修边幅的男人，一件衣服穿个把月，除了出去讲课，平时抓起哪件穿哪件。

谭文波外出学习睡桥洞，出门捡破烂，做实验时不缺耗材和零件。穷日子，穷打算，降成本，节预算，花自己身上，省一点是一点；花科研买器材上，砸锅卖铁也下单。劳模工作室，也是废品收购站。剩饭喂狗，破烂换钱。

谭文波是个犟男人，先犟后匠，生活中都很随意，开玩笑行，灌酒行……到研发上就是钻到底，钻头打井有多深，他的钻劲有多深，可以废寝忘食忘老婆，可以通宵达旦住车间。大漠夜茫茫，一灯独无眠。有限的科研成果、技术革新，来自无限的匠人奉献。

昔日瀚海戈壁，今日井架林立。

古有女娲补天，盘古开天地。今有西部论剑下天山，剑指塔克拉玛干，足迹天山昆仑山。

丝绸古道展红旗，千吨井架镇飞沙。地下金刚钻，飞身入地数千米，邀古岩石出山。

钻若雷霆万钧，探则百折不挠。塔上执着专注，精益求精；塔下永不言退，追求卓越。铁军铁塔铁钻，地表地壳地幔，硬沙硬岩硬汉，提钻换钻下钻。

玄奘经此西去，胡杨生死三千年。

茫茫大漠，死亡之海，八百油郎战地魔，一腔肝胆照昆仑。寻汽虎，擒油龙，战高温，抗高压，沙海万念只一心，地下钻探不移志。百折不挠，工匠精神。深井遍布，给中国油田按上定海神针、安邦神探。

汗水浇灌西部土，血脉觉醒东方龙。一口口油井，是中国超深井钻探工人火热的爱国情。

无数个谭文波式石油工人，铁人铁军，以油兴城，以油报国，构成克拉玛依城的经络骨干。

无数谭文波式“红衣服油郎”，黄沙百战穿金甲，不破地壳终不还。从塔克拉玛干沙漠捧出汩汩石油，仿佛高耸的天山昆仑山，擎起构成中国石油为工业输出“油气血液”、能源的蓝天。

无数个谭文波式石油工人，勿忘昨天的苦难辉煌，无愧今天的使命担当，不负明天的伟大梦想。

钻机轰鸣，罐塔林立，打马油城写工匠，笔拙词少，时光匆匆，文字匆匆，水平寥寥，工匠故事，管中窥豹。我不懂油气钻探，门外汉说不好专业话，疏漏之处，敬请赐教。

从谭文波劳模工作室，谭文波家，到西部钻探公司钻塔林立的工地，我拍摄了千张展示工匠风采的照片，图片更真实直观，方便读者阅读理解。

创作期间，感谢西部钻探公司提供的大量文字、图片；感谢公司工会领导陪同我深入数百里沙漠、戈壁采访，纸短情长，伏惟珍重。

东方欲晓，踏破戈壁情未了；大漠工匠，风景这边独好。

訾波

2024 年 11 月

图书在版编目（CIP）数据

谭文波：大漠油田“发明家” / 訾波著. -- 北京：中国工人出版社，2025. 4. -- ISBN 978-7-5008-8589-4

Ⅰ. I25

中国国家版本馆CIP数据核字第2025KV6050号

谭文波：大漠油田“发明家”

出 版 人	董　宽
责任编辑	陈培城
责任校对	张　彦
责任印制	黄　丽
出版发行	中国工人出版社
地　　址	北京市东城区鼓楼外大街45号　邮编：100120
网　　址	http://www.wp-china.com
电　　话	（010）62005043（总编室） （010）62005039（印制管理中心） （010）62379038（社科文艺分社）
发行热线	（010）82029051　62383056
经　　销	各地书店
印　　刷	三河市万龙印装有限公司
开　　本	880毫米×1230毫米　1/32
印　　张	6
字　　数	100千字
版　　次	2025年6月第1版　2025年6月第1次印刷
定　　价	49.00元
